Le racisme expliqué à ma fille

娘に語る人種差別

タハール・ベン・ジェルーン

松葉祥一＋訳

青土社

娘に語る人種差別　目次

序文　7

メリエムとの対話　11

ねえパパ、「人種差別」って何？　「優れている」ってどういうこと？　私も人種差別主義者になるかもしれないと思う？　「異なる」って？　脅かされていると感じるのは人種差別主義者の方なの？　「外国人」って何？　勉強したことから人種差別が生まれるかもしれないでしょ……　戦争が起こるのは人種差別主義者のせいなの？　人種差別は、いつもあったの？　人種差別って戦争なの？　「衝動」って何？　人種差別主義者というのは、外国人が嫌いだから外へ押し出そうとする人のこと？　「差別」という語は、どういう意味？　人種差別主義者の科学的証明ってどんなの？　どうしてアフリカ人は黒い肌をしていて、ヨーロッパ人は白い肌をしているの？　「人種差別主義者」って何？　「社会的・文化的差異」って何？　「遺伝学」って何？　私たちは、遺伝よりも教育のせいで違っているの？　人種差別主義者って、まちがえている人でしょ　宗教は人種差別的だということ？　みんなが人種差別主義者でなくなるようにするにはどうしたらいいの？　「拒否」や「拒絶」って何？　自分自身を愛さない人っているの？　どうやって闘うの？　「ユーモア」って何？　笑いのこと？　愚かだったら、人種差別主義者なの？　「身代わりの山羊」って何？　「自己欺瞞」って？　「絶滅」って何？　きっと恐ろしいことね！　「民族大虐殺」って何なのか説明して　「民族」って何？　どうして黒人なの？　「植民地主義」って何？　どうしたら、国が人種差別的になるの？　以前、移民はフランス人だったの？　移民が来る前、フランスに人種差別はあったの？　人種差別は直るの？　人種差別主義者たちは、自分たちが臆病だということを知っているの？　人種差別主義者は馬鹿だわ

結論　105

付録　子どもたちの言葉　109

訳者あとがき　133

新装版への訳者あとがき　143

新版への訳者あとがき　147

娘に語る人種差別

メリエムに

序文

私がこの本を書こうと思い立ったのは、一九九七年二月二二日、娘といっしょに、外国人のフランス入国と滞在に関するドブレ法案〔九七年四月二四日に発効した、外国人を自宅に泊めた者は市役所に届けなければならないことなどを定めた移民締め出し法〕反対デモに行こうとしているときでした。一〇歳になる娘はたくさん質問をしました。なぜデモをするのか、いくつかの標語《スローガン》がどういう意味か、抗議しながら行進することが何かの役に立つのかなどについて知りたがっていました。

こうしたわけで、人種差別について話をしようという気になったのです。彼女の質問と意見を思い出しながら、本文を書きました。一回目は娘といっしょに読みました。ほとんどすべて書き直さなければなりませんでした。複雑な単語を変え、難しい考えを説明しなければならなかったのです。もう一度、娘の友だち二人がいる前で読んでみました。彼女たちの反応はとても興味深いものでした。後で書いたときにいかすことにしました。

この本は、一五回以上書き直しています。明快さと、率直さと、客観性が必要だったのです。八歳から一四歳までの子どもたちに向けて書きましたが、あらゆる人に近づきやすいものであってほしいと思っています。ご両親にも読んでいただけるでしょう。

私は、人種差別反対の闘いが教育から始まるという原理から出発しました。大人と違って、子どもたちは教育することができます。したがって本書は、教育的な配慮にもとづいて考えられ、書かれました。

*

テクストを読んで、アドバイスを聞かせてくれた友人たちに感謝します。また、質問を練り上げる仕事に参加してくれたメリエムの友だちにも感謝します。

メリエムとの対話

——ねえパパ、「人種差別《ラシズム》」って何？

人種差別というのは、かなり広がっていて、あらゆる社会に共通している態度で、残念なことに、いくつかの国では、気づかれないようになってしまったせいでありふれたものになっている。それは、私たちとは違う身体や文化の特徴をもっている人たちを、警戒したり、軽蔑したりさえすることだ。

――「共通している」っていうのは正常っていうこと?

いや、違う。ある態度が日常的だからといって、それが正常なわけではない。一般的に言って、人間は自分と違う人間を警戒する傾向があるんだ。それは人間が生まれたのと同じくらい古くからある態度で、普遍的なものだ。みんなにかかわりがある。

――みんなにかかわりがあるんなら、私も人種差別主義者《ラシスト》かもしれない!

まず、子どもの自然な性質は人種差別的じゃない。子どもは人種差別主義者として生まれるわけじゃないんだ。両親や近くにいる人が子どもの頭に人種差別思想を植えつけなかったら、その子が人種差別主義者になる理由はない。例えばもしメリエムが、白い肌の人間は黒い肌の人間より優れていると教えこまれて、この主張を本気にしたとすれば、黒人に人種差別的な態度をとるかもしれない。

——「優れている」って、どういうこと?

例えば、肌が白いということから、肌が黒や黄など他の色をしている人より頭がいいと思いこむことだ。言いかえると、人間の身体の特徴によって私たちは互いに区別されるけれど、その特徴はどんな不平等も意味しないんだ。

——私も人種差別主義者になるかもしれないと思う?

そうなる可能性はある。すべてはこれからメリエムが受ける教育によるんだ。そのことは知っておいた方がいいし、そうなることを避けた方がいい。別の言い方をすると、どんな子どもも大人も、ある日、何もしていないのに自分とは違う人に対して、拒絶する感情をもったり行動をとったりする可能性があるという考えを認めておいた方がいい。それは、よくあることなんだ。ある日、私たちのそれぞれが、まちがった態度をとったりまちがった感情をもつかもしれない。見慣れない人にいらだって、私たちの方が彼よりもすぐれていると考えたり、彼に対する優越感や劣等感をもったりして、彼を拒絶し、彼を隣人にしたいとか、ましてや友達にしたいと思わなくなるんだ。異なる人間だというだけの理由で。

――**「異なる」って?**

差異というのは、似ていることや同じであることの逆だ。最初の目に見える差異は性だね。男性は女性と異なると感じ、女性は男性と異なると感じる。この差異の場合は、多くの場合、魅きつけられる。
さらに、「異なっている」と言われる人は、私たちとは別の肌の色をしていたり、別の言葉を喋ったり、私たちとは違う料理の仕方をしたり、別の服装をしていたり、別の宗教をもっていたり、別の生活方法をしていたり、別のお祭りをしたりする。身体の外見ではっきりわかる差異（身長、肌の色、顔の特徴など）と、行動や考え方、信仰などの差異がある。

——じゃあ、人種差別主義者は、自分とは違う言葉や料理や色が好きじゃないの？

いや、必ずしもそうじゃない。人種差別主義者でも、別の言葉が好きだったり仕事や遊びに必要なので勉強したりしているかもしれない。でも、その言葉を喋る人たちに対して否定的で不当な判断を下す可能性はあるんだ。同じようにその人は、外国人、例えばヴェトナム人の学生に部屋を貸すことを拒みながら、アジア料理のレストランで食事することは好きかもしれない。人種差別主義者というのは、自分とあまりにも異なるものすべて、自分の平穏を脅かすと考える人のことなんだ。

――脅かされていると感じるのは人種差別主義者の方なの？

そう。それは自分に似ていない人が恐いからだ。人種差別主義者は、劣等感か優越感のコンプレックスで苦労しているんだ。どちらの場合もその人の行動は軽蔑的になるから、同じことになるんだけどね。

――恐いの？

人間には、安心していられることが必要だ。自分の確かな生活を乱すおそれがあるものをあまり好まない。新しいことを警戒する傾向がある。自分が知らないことを恐がるのは、よくあることなんだ。暗闇のなかが恐いのは、光が全部消えると何が起こるか見えないからだ。知らない人の前では、無防備だと感じる。恐ろしいことを想像してしまうんだ。わけもなく。それは論理的なものじゃない。ときには、恐怖感を裏づけるものが何もないのに、恐怖を感じることがある。いくら理性の声に耳をかそうとしても、現実に脅威があるかのように反応してしまうんだ。人種差別は、正しいことでも理にかなったことでもないんだ。

――パパ、もし人種差別主義者が恐がっている人だとすると、外国人を嫌う政党の党首〔国民戦線の党首ル・ペン〕は、いつも外国人を恐がっているはずでしょ。でも、あの人がTVに出るたびに、恐いのは私の方よ。ジャーナリストを怒鳴りつけたり、脅したり、机を叩いたりするわ。

そう。でも、メリエムが話しているその党首は、攻撃的な性格で知られた政治家だ。彼の人種差別主義は、暴力的な仕方で示されるんだ。彼は、よく知らない人たちを恐がらせるために、まちがった主張を伝えている。彼は、人々の恐怖感、ときには現実的な恐怖感をうまく利用する。例えば、移民は、フランス人の仕事を奪ったり、生活保護を受けたり、病院で無料の治療を受けたりするためにフランスに来るんだと言っている。これは本当のことじゃない。移民たちは、多くの場合フランス人がやろうとしない仕事をしている。彼らは税金を払い、社会保険の保険金を払っているから、病気になったときは治療を受ける権利がある。もし明日、不幸にもフランスの移民が全員強制退去させられたとすると、この国の経済は崩壊するだろう。

――わかるわ。人種差別主義者はわけもなく恐がっているのね。

人種差別主義者は、外国人つまりよく知らない人を、とくにこの人が自分より貧しいときに、恐がるんだ。人種差別主義者は、アメリカの億万長者よりアフリカの労働者を警戒するだろう。あるいはさらに、アラブの首長が、コート・ダジュールに休暇をすごしにやってきたら、もろ手をあげて歓迎される。というのも、歓迎されるのは、アラブ人ではなく、お金を使いにやってくるお金持ちだからだ。

――「**外国人**」って何?

「外国人《エトランジエ》」という単語は、外や外部を意味する「エトランジュ」という単語から来ている。外国人《エトランジエ》という単語は、家族ではない者、氏族や部族に属さない人を意味する。それは、近い国にせよ遠い国にせよ他の国から来た人であり、ときには他の町や村から来た人だ。ここから、外国人や外国から来たものへの敵意を意味する「**外国(人)嫌い**」という語が生まれた。現在、「エトランジュ」という語は、何か例外的なもの、いつも見ていることと非常に異なるものを示す。この語は、いわば「変な《ビザール》」という単語と同じ意味なんだ。

――ノルマンディー地方にある友だちの家にいったら、私は外国人なの?

地方の住民にとっては多分そうだろうね。メリエムはよそ、つまりパリから来たんだし、モロッコ人だからね。いっしょにセネガルに行ったときのことを憶えてる？　あのとき僕たちは、セネガルの人にとって外国人だった。

——でもセネガルの人たちは私を恐がらなかったし、私も彼らが恐くなかったわ！

そう、お母さんと僕が、金持ちだろうが貧乏だろうが、背が高かろうが低かろうが、白人だろうが黒人だろうが、外国人を恐がってはいけないと説明しておいたからね。忘れちゃいけないよ！　人間は、いつでも誰かにとって外国人《エトランジエ》なんだ。言いかえれば、文化の異なる人には、奇妙な人《エトランジュ》と見られているということだ。

——ねえパパ、なぜ人種差別がどこにいっても少しはあるのか、やっぱりわからないの。

原始社会と呼ばれるとても古い社会では、人間は動物に近い行動をとっていたんだ。猫はなわばりの印をつけることから始める。別の猫や動物がエサを盗ったり子猫を攻撃しようとしたとき、自分のなわばりだと思っている猫は、全力で抵抗し、身内を守る。人間も同じだ。人間は、自分の家や土地、財産をもつことを好み、それを守るために戦う。これは正常なことだ。人種差別主義者の場合は、どんな人であれ外国人なら、自分の財産を奪いにくると考えるんだ。その際、よく考えもせずに、ほとんど本能的に外国人を疑うんだ。動物は、攻撃されたときにしか戦わない。でも人間は、ときとして自分から何一つ奪おうとしていないのに外国人を攻撃する。

――パパは、それがすべての社会に共通していると思うのね?

共通しているし、かなり広まっているが、正常なことではない。長いあいだ、人間はそのようにしてきた。まず本性があり、次に教養がある。言いかえると、反省や論理のない本能的行動があって、次に反省された行動、つまり教育、学校、論理によって身につけた行動がある。それが、「本性」に対して「教養」と呼ばれるものだ。文化によって、いっしょに生きることを学ぶ。とくに、私たちが世界のなかで私たちだけじゃないこと、別の伝統や別の暮らし方をしている人たちが現にいること、そうした暮らし方も私たちの暮らし方と同じように価値があるということを学ぶんだ。

——**教養**が教育を意味するとしても、勉強したことから人種差別が生まれるかもしれないでしょ……。

人は人種差別主義者に生まれるのではない。人種差別主義者になるのだ。よい教育と悪い教育がある。学校にせよ家庭にせよ、すべては教える人によるんだよ。

——じゃあ、何の教育も受けない動物の方が、人間より優れているわ！

動物には、言うならばあらかじめ決まった感情はない。逆に、人間には**偏見**

と呼ばれるものがある。人間は、知り合う前に他人を判断するんだ。どんな人でどんな価値をもっているか、前もってわかると思っている。よくまちがえるんだけどね。恐怖心はそこから生まれるんだ。そして、人間は時々この恐怖心と闘うために戦争をすることになる。パパが恐がると言うとき、がたがた震えることだと思ってはいけないよ。逆に、恐怖心のせいで攻撃的になるんだ。脅かされていると感じて、攻撃する。人種差別主義者は攻撃的なんだ。

――じゃあ、戦争が起こるのは人種差別主義者のせいなの？

いくつかの戦争は、そうだ。根本には、他人の財産を奪おうとする意志がある。人種差別や宗教が、人々に憎しみを抱かせるために、知り合ってさえいないのに互いに嫌悪させるために使われるんだ。外国人への恐怖、私の家や仕事や妻を盗るんじゃないかという恐怖がある。無知がこの恐怖を大きくする。私はこの外国人が誰か知らないし、彼の方も私が誰か知らないというわけだ。例えば、隣の家の人たちをごらん。彼らは、クスクスを食べに来るよう招待するまで、ながいあいだ私たちを警戒していた。あのとき彼らは、私たちが彼らと同じように生活していることがわかったんだ。私たちが別の国、モロッコ出身であるために、彼らの目にはずっと危険だと映ってきた。招待することで、彼らの警戒を解くことができたんだね。話し合って、少し知り合った。いっしょに笑った。このことが意味するのは、それ以前は階段で出会ってもせいぜい「こんにちは」と言い合うぐらいだったのが、気がねしなくなったということだ。

——だったら、人種差別と闘うために、招待し合わなくちゃ！

いい考えだね。知り合うこと、話し合うこと、いっしょに笑うことを学ぶことだ。でも楽しみだけでなく、苦しみも共有しようとすること、私たちが多くの場合同じ関心、同じ問題をもっているということを示すこと、それによって人種差別を弱めることができるんだ。旅行も、他の人々を知るいい手段になりうる。すでにモンテーニュ（一五三三－一五九二）は、同じ国の人々に、旅行をしていろいろ違う点を見てくるよう勧めている。彼にとって、旅行は、「私たちの脳みそを、他の脳みそでこすって、磨きをかける」ためのいちばんの手段だった。自分をよく知るためには、他人を知ることだ。

――人種差別は、いつもあったの？

そう、人間が存在するようになってからずっと、時代によって違った形で。すでに非常に古い時代つまり先史時代、ある小説家が「火の戦争」と名づけた時代でも、人間は、原始的な武器、例えば単純なこん棒で、領地や小屋、女性、食料の蓄えなどのために、攻撃し合っていた。だから、侵略されるかもしれないという恐怖のせいで、境界を固め、武器を研いできた。人間は、安全でありたいという思いに取りつかれていて、そのせいで時には隣人、外国人を恐がることになるんだ。

――人種差別って戦争なの？

戦争は、さまざまな原因で起こる可能性がある。よくあるのが経済的な理由だ。でも、さらに、あるグループが他のグループよりも優れているという仮定にもとづいて起こる戦争もある。この本能的な面は、論理と教育によって乗り越えることができる。そうするためには、もう隣人、外国人を恐がらないぞという決心をしないといけない。

――じゃあ、何をすればいいの？

学ぶこと。自分を教育すること。反省すること。あらゆることを理解しようとすること、人間に関わるすべてのことに興味があるという態度を示すこと、最初の直観や衝動をコントロールすること……。

――「衝動《ピュルジオン》」って何？

目的に向かってよく考えずに押し進める行動のことだ。この語から「反《レピュルジ》発《オン》」という語が生まれた。これは、敵を押し返し、ある人を外へ追い出そうとする具体的な行動のことだ。反発には嫌悪感という意味もある。とても否定的な感情を表すんだ。

――人種差別主義者というのは、外国人が嫌いだから外へ押し出そうとする人のこと？

そう、人種差別主義者は、外国人によって脅かされていなくても、たんに外国人が気に入らないという理由で外国人を追い出す。そして、この暴力的な行動を正当化するために、それをごまかす議論をでっち上げるんだ。ときどき人種差別主義者は科学に頼るけど、科学が人種差別を正しいとしたことは一度もない。人種差別主義者は、科学が反論できないようなしっかりした証拠を与えてくれたと思って、科学の名前で、でたらめを語る。多くの人間が、彼らの**差別**の観念を正当化するために科学を使おうとしてきたけれど、人種差別に科学的根拠はまったくないんだ。

——その「差別」という語は、どういう意味？

それは、ある社会的・民族的グループを、他の集団より悪いと見なして切り離すことだ。それは、例えばある学校で、行政側が、黒人の生徒全員を他の子どもより頭が悪いと見なして一クラスにまとめる決定を下すようなものだ。幸いにも、フランスの学校ではこのような差別はない。アメリカや南アフリカでは実際にあった。ある民族共同体や宗教共同体が、他の住民と切り離して生活するよう強制的に集められるとき、**ゲットー**と呼ばれるものが作り出される。

——それは監獄なの?

「ゲットー」と言う単語は、イタリアのヴェニスの向かいにある小さな島の名前なんだ。一五一六年に、ヴェニスのユダヤ人が、他の共同体と切り離されて、この島に送られたんだ。ゲットーは一種の監獄だね。いずれにしても差別だ。

——人種差別主義者の科学的証明ってどんなの?

ないんだよ。でも人種差別主義者は、外国人が別の人種つまり、人種差別主義者が劣っていると見なしている人種に属すと思いこんだり、思いこませたりする。しかし、それはまったくのまちがいで、人種《ラス》は一つだけなんだ。それを、人類、あるいは動物の種《エスペス》と対比して種としての人間と呼ぶことにしよう。動物の場合、ある種《エスペス》と別の種のあいだの違いは非常に大きい。例えば、種としての犬と種としての牛があるね。この種としての犬のなかでも非常に大きな違いがある（例えばシェパードとダックスフントのあいだの差異）ので、品種《ラス》を決めることができる。種としての人間の場合、一人一人が同等だから、それができないんだ。

——でもパパ、あの人は白人種だ、この人は黒人種だ、黄色人種だってよく言うじゃない。学校でもよく聞くわ。この前も先生が、マリから来たアブドゥーは黒人種だって言ってたわ。

もし先生が本当にそう言ったんだとすると、彼女がまちがっている。メリエムが先生を好きなことは知ってるから、こんなことを言うのは残念だけど、先生はまちがったんだ。先生自身そのことをわかっていないと思う。ね、よく聞いて。**複数の**人種《ラス》はないんだ。あるのは一つの人類で、そこには色々な素質をもった男性と女性、肌の色の異なる人々、背の高い人や低い人が含まれる。そして、動物には複数の品種《ラス》がある。「人種《ラス》」という語は、人間の多様さを言い表すために使うべきではない。「人種《ラス》」という語には、科学的根拠がないんだ。それは、外見上のつまり身体の違いのもたらす印象を大げさに言うために使われてきた。**人間に序列をつけるように**、つまり下の等級に入る人間に比べて優れた人間がいると見なして、身体の違い——つまり肌の色、背の高さ、顔の特徴——を根拠にする権利はないんだ。言いかえると、肌の色が白いからといって、色がある人に比べて余分の長所をもっていると思いこむ権利はないし、とりわけ人にそう思いこませる権利はない。**僕はメリエムに、もう「人種」という語を使わないよう提案したいんだ。**この語は、悪意のある人たちに悪用されすぎたから、「人類」という語に置きかえた方がいい。だから、人類はいくつかの異なるグループからできていることになるね。しかし、地球上のどの男性も女性も、肌の色はピンク、白、茶色、黄色などだけど、血管のなかには同じ色の血が流れているんだ。

——どうしてアフリカ人は黒い肌をしていて、ヨーロッパ人は白い肌をしているの？

肌の色の濃さは、**メラニン**と呼ばれる色素による。この色素は、すべての人間にある。でもアフリカ人の場合、ヨーロッパ人やアジア人に比べて多くの量が人体によって作られるんだ。

——じゃあ、友だちのアブドゥーはたくさんの……

メラニンがあるんだね。着色剤みたいなもんだ。

——じゃあ、彼は私よりたくさんのメラニンを作っているんだ。私たちはみんな赤い血をしているっていうことも知ってるけど、前にママに血がいるときに、お医者さんがパパの型は違うって言ってたわ。

そう、いくつかの血液型がある。A、B、O、ABの四つだ。O型は万能給血型。AB型は万能受血型。これは、優劣の問題とは何の関係もない。違いは文化にある（言語、衣装、儀式、料理など）。思い出してごらん、君のママはモロッコ人だけど、血液をくれたのは、ママの友だちのヴェトナム人のタンだったろう。ママとタンは、同じ血液型なんだ。でもママとタンの文化は非常に違うし、肌の色も同じじゃない。

——だったら、もしいつかマリ人のアブドゥーに血が必要になったら、私があげることもできるのね？

もし、君たちが同じ血液型だったらいいよ。

――「人種差別主義者《ラシスト》」って何？

肌の色や言語、お祭りの仕方が同じじゃないという口実で、自分と違う人よりも自分の方が優れていると か、いわば勝っていると考える人のことだ。人種差別主義者は、あくまでも複数の人種があると思いこんでいて、「私の人種は美しく高貴で、他の人種は醜く獣のようだ」と思っている。

――優れた人種はないの？

ない。一八・九世紀の歴史家たちは、彼らの言う黒人種よりも身体面、精神面で優れた白人種が存在することを証明しようとした。当時は、人間がいくつかの人種に分けられると思われていたんだ。ある歴史家（エルネスト・ルナン、一八二三－一八九二）は「劣等人種」に属する人間のグループを名指しすることさえしている。すなわち、アフリカの黒人、オーストラリアのアボリジニ、アメリカインディアンだ。彼にとって、「黒人と人間の関係は、ロバと馬の関係に等しい」、すなわち黒人とは「知性と美しさを欠いた人間」なんだ。でも、ある血液が専門の医学の教授が述べているように、「動物界における純粋な品《ラ》種《ス》は、実験状態、つまり実験室で例えばねずみを使ってしか存在しない」。彼は、こう付け加えている。「中国人とマリ人とフランス人のあいだに存在するのは、遺伝学上の差異というよりもむしろ社会的・文化的な差異である」。

――「社会的・文化的差異」って何？

社会的・文化的差異というのは、ある人間のグループを他のグループから区別する差異で、人々がいっしょに社会を作るやり方（忘れないで。それぞれの人間のグループに伝統と習慣があるんだ）や、文化の産物として作り出したもの（アフリカ音楽はヨーロッパ音楽と違うね）のことだ。ある集団の文化は、他の集団の文化と違う。結婚の仕方や、お祭りの仕方などについても同じことが言えるよ。

——それと、「遺伝学」って何？

「遺伝学」という用語は、遺伝子、つまり人体のなかで遺伝的要因をになう要素を示している。遺伝子というのは遺伝の単位だ。**遺伝**って何か知ってるよね？　例えば身体の特徴や心の性格など、両親から子どもに受け継がれるすべてのものだ。身体が似ていたり、両親の性格上の特徴のいくつかが子どもに見られたりするのは、遺伝によって説明されている。

——じゃあ、私たちは、遺伝よりも教育のせいで違っているの？

いずれにしても、私たちはみんなお互いに異なっている。ただ、私たちのなかの何人かに、共通の遺伝的特徴があるんだ。一般に、その人たちはその人たちだけで集まる。その人たちは、他のグループと生活の仕方で区別される住民のグループを形づくる。肌の色や毛髪、顔の特徴、そして文化によってお互いに異なる人間のグループが、いくつか存在している。それらが混ざり合うと（結婚によって）、「混血児」と呼ばれる子どもが生まれる。一般に、混血児は美しい。混ざり合うことが美しさを生むんだ。混血は、人種差別に対するいい盾だ。

——もし私たちがみんな違っているなら、似ていることはないのね……。

人間はただ一人だ。世界中さがしても、完全に同じ人間は二人といない。本当の双子でも違うところがある。その人の特徴が、ほかならぬその人自身であることを決める同一性をもたらす。その人は独得、つまり置きかえることができないんだ。確かにある公務員を別の人に置きかえることはできるけど、完全に同じ人をもう一人作ることはできない。私たちはお互いに、「私は他の人と同じじゃない」と言い合うかもしれないが、それは正しいんだ。「私はただ一人だ」ということは、「いちばんいい」ということじゃない。それはたんに、それぞれの人間存在が独得であることを確認しているだけだ。言いかえると、それぞれの顔が奇跡であり、一つだけであり、まねができないということだ。

――私も？

もちろん。アブドゥーが一人だけで、セリーヌが一人だけなのと同じように、メリエムは一人だけなんだ。厳密に言って、地球上に同じ指紋は二つと存在しない。それぞれの指に、固有の指紋がある。だから、刑事ものの映画で、犯罪現場にいた人間を特定するために、品物に残された指紋を取ることから始めるんだ。

——でも、パパ、この前TVで、二匹のコピーが作られた雌羊を見たわ。

メリエムが言っているのは、**クローン技術**と呼ばれるもので、ある物から好きなだけ複製を作ることだ。物の場合はそれができる。物は、機械で作られ、機械は同じ物を同じ方法でもう一度作ることができるからね。しかし、動物、ましてや人間の場合は、してはいけない。

――パパの言う通りだわ。私もクラスにセリーヌが二人いて欲しくない。一人でいいわ。

わかるだろう、もしコピーをとるように人間の複製を作ることができれば、世界を支配したり、特定の人間を増やして別の人間を排除するよう決めたりする人が出てくるだろう。恐ろしいことだ。

――それは恐いわ……。いちばんいい友だちでも、二人欲しいとは思わないわ。

それに、もしクローン技術が許されれば、危険な人々がそれを自分たちの利益のために利用しようとするかもしれない。例えば、権力を握って弱い人々を苦しめるかもしれない。幸いにも、人間はただ一人で、同じ人間の複製を作ることはできない。私が隣の人とも双子の兄弟とも同じでないからこそ、私たちすべてが互いに異なるからこそ、「豊かさは差異のなかにある」と言うことも、それを実際に確かめることもできるんだ。

――ここまでちゃんとわかったとすると、人種差別主義者は、無知だから外国人を恐がり、複数の人種があると思いこんで、自分の人種が最高だと考えているのね？

そうだよ、メリエム。でも、それだけじゃないよ。暴力と、他人を支配しようとする意志を忘れている。

――人種差別主義者って、まちがえている人でしょ。

人種差別主義者たちは、彼らが属しているグループ――宗教、国、言葉、あるいはこれらすべてによって定義されうる――が、目の前の他のグループより優れていると確信している。

――自分が優れていると感じるために、どうしているの？

人種差別主義者たちは、身体つまり外見のレヴェルや文化のレヴェルで、生まれつき差があると思いこんだり、そう思い込ませることによって、他人に対して優越感をもつんだ。だから、自分の行動や感情の正しさを証明するために、宗教に頼る人もいる。どの宗教も、あらゆる人間にとっていちばんいい宗教だと思いこんで、従わない人は誤った道を歩んでいると主張しがちだと言っておかないといけない。

――宗教は人種差別的だということ？

いや、宗教が人種差別的なんじゃなくて、ときどき人間が宗教を人種差別的にしたり、人種差別を取り入れたりするんだ。一〇九五年、法皇ウルバネス二世は、クレルモン＝フェランの町から、イスラム教徒を異教徒だと見なして、イスラム教徒に対する戦争を開始した。何百万人ものキリスト教徒が、アラブ人やトルコ人を虐殺するために中近東諸国に出発したんだ。神の名で行われたこの戦争は、「十字軍」を名乗った（イスラム教徒の象徴が三日月なのに対して、キリスト教徒の象徴は十字だからね）。

また、一一世紀から一五世紀のあいだ、スペインのキリスト教徒は、宗教的理由を持ち出して、イスラム教徒を、次にユダヤ人を追放した。

このように、自分は他人より優れていると言いがちな傾向を弁護するために、聖典に寄りかかる人がいる。宗教戦争は、よく起こるんだ。

——でも、パパはいつか私に、コーランは人種差別に反対していると言ったわ。

そう律法《トーラー》〔ここではユダヤ教の聖典を意味する〕や聖書と同じように、コーランもね。聖典は、すべて人種差別に反対している。コーランは、人間が神の前で平等であり、信仰の強さによって異なると述べている。律法では、次のように書かれている。「……外国人があなたと暮らすためにやって来たら、けっして暴力をふるってはならない。あなたにとってその人はいわば同国人の一人である……そしてあなた自身のようにその人を愛しなさい」。聖書は、隣人の尊重を、つまり隣人にせよ兄弟にせよ外国人にせよ、他の人間の尊重を強調している。新約聖書では、次のように述べられている。「あなた方に命ずることは、お互いに愛し合いなさいということである」。そして、「隣人をあなた自身のように愛しなさい」。あらゆる宗教が、人々のあいだの和合を説いているんだ。

――じゃあ、もし神を信じていなければ？　こんなことを言うのは、ときどき私が、天国や地獄は本当にあるのかなって思うからなんだけど……。

信仰をもっていないと、信心深い人たちからは悪く、非常に悪く思われるね。彼らのなかのいちばん狂信的な人々にとっては、敵にさえなる。

――いつかテロがあったとき、ＴＶでニュースキャスターがイスラム教を非難していたわ。パパの意見では、あの人は人種差別主義者的なニュースキャスターなの？

いや、彼は人種差別主義者じゃない。無知で無能なんだ。あのニュースキャスターは、イスラム教と政治を混同している。政治家たちが、自分たちの抗争のためにイスラム教を利用しているんだ。彼らは非妥協主義者《アンテグリスト》と呼ばれている。

——それは人種差別主義者なの？

非妥協主義者というのは狂信者のことだ。狂信者というのは、自分が真理をもっているただ一人の人間だと考える人のことだね。多くの場合、狂信と宗教は両立する。たいていの宗教に非妥協主義者がいる。彼らは、神の霊感を受けたと思いこんでいるんだ。非妥協主義者たちは、目が見えず、情熱的で、自分たちが確信していることを他のすべての人に押しつけたいと思っている。彼らは、他人の生命に価値を認めないから危険だ。彼らの神の名で人殺しをすることや、自分たちが死ぬことさえ辞さないんだ。彼らの多くが指導者に操られている。もちろん彼らは人種差別主義者だ。

——それは、ルペンに投票する人たちみたいなもの？

ルペンは、人種差別、つまり外国人や移民への憎しみや、イスラム教徒やユダヤ人などへの憎しみにもとづく党を指導している。

——憎しみの党ね！

そう。でも、たぶんルペンに投票する人すべてが人種差別主義者ではない……不思議なんだが……さもないとフランスには四〇〇万人以上の人種差別主義者がいることになってしまう！　多いだろう！　彼らはだまされているんだ。さもなければ現実を見たくないんだ。ルペンに投票しておきながら不安を感じたと言っている人もいる。でも彼らは手段をまちがっている。

——ねえパパ。みんなが人種差別主義者でなくなるようにするにはどうすればいいの？

ド・ゴール将軍が言ったように「偉大なプログラム」だね！　憎しみは愛よりもはるかに心にすみつきやすい。知らない人を愛するよりも、警戒したり愛さずにいたりする方が簡単だ。いつでもこの自然な傾向、つまりさっき言ったあの衝動があって、それが拒否や拒絶となって表に出るんだ。

——「拒否」や「拒絶」って何?

ドアや窓を閉めることだ。外国人がドアを叩いても開かない。外国人が繰り返しお願いすると開くけれど、ずっといることは許さず、どこかよそに行った方がいいと通告して、押し返すんだ。

——そんなことしたら憎しみが生まれるんじゃない?

それは、何人かの人がお互いに抱く自然な警戒心だ。憎しみはもっと重くて深い感情だ。というのも憎しみは、その反対つまり愛を前提にしているからなんだ。

——わからないわ。パパが言ってるのはどの愛?

自分自身に対する愛だよ。

——自分自身を愛さない人っているの？

自分を愛していなければ、誰も愛することはできない。それは病気のようなものだ。悲惨だね。たいていの場合、人種差別主義者は、自分自身をとても愛している。人種差別主義者はあまりにも自分を愛しているので、他人を愛する余地がないんだ。そこから人種差別主義者の利己主義《エゴイズム》が生まれる。

——じゃあ、人種差別主義者というのは、誰も愛さない利己主義者《エゴイスト》なのね。彼は不幸なはずだわ。地獄だわ！

そう、人種差別は地獄だ。

——いつか、おじさんと話しているとき、パパは「地獄とは他人のことだ」って

言ったでしょ。どういう意味？

それは、人種差別とはまったく関係がない。それは、一緒に生活したくない人を我慢しなくてはならないときに使う表現だ。

——人種差別みたいね。

いや、必ずしもそうじゃない。というのも、大事なのはあらゆる人を愛することじゃないからだ。もし誰かが、そうだね例えば騒々しい従弟が君の部屋に侵入してきて、メリエムのノートを破って「一人で遊んじゃだめ」と言ったとき、彼を部屋から追い出したからと言ってメリエムは人種差別主義者じゃない。逆に、学校の同級生、例えばマリ人のアブドゥーがメリエムの部屋に来て、行儀よくふるまっているのに、彼が黒人だというだけの理由で彼を追い出したとすれば、その場合メリエムは人種差別主義者だ。わかる?

——わかるわ。でも、「地獄とは他人のことだ」というのはよくわからない。

それは、ジャン＝ポール・サルトルの『出口なし』という芝居からとったせりふだ。三人の登場人物が、死んだ後、きれいな部屋に永遠にいることになる。彼らは、一緒に生活しなければならなくなるんだけど、それを逃れるどんな手段もないんだ。それが地獄なんだ。そこから「地獄とは他人のことだ」という表現が出てくる。

——それは人種差別ではないわね。私には、すべての人を愛さなくてもいい権利があるのね。でも、いつそれが人種差別じゃないとわかるの?

一人の人間が、すべての人を完全に愛することはできない。自分が選んだわけではない人たちと生活せざるをえなくなったとき、地獄を生きることになり、その人たちのあら探しをして、人種差別に近づくことになる。自分の嫌悪感を正当化するために、人種差別主義者は身体の特徴をもち出すんだ。人種差別主義者はこう言うだろう。私はもうこんな人には耐えられない。だって、この人はわし鼻だから、あるいは縮れ髪だから、あるいは切れ長の目だから等々。人種差別主義者が心の底で考えているのは、次のようなことだ。「私にとって、一人の人間の個人的な短所や長所を知ることはどうでもいい。個人を拒絶するには、ある決まった共同体に所属しているかどうかを知るだけでじゅうぶんだ」。自分が行う個人の拒絶を正当化するために、身体や心理の特徴をよりどころにするんだ。

——例をあげてみて。

黒人は「がっしりしているが、なまけ者で、大食らいで、不潔だ」と言う人がいるだろう。中国人は「背が低く、利己的で、残酷だ」と言う人もいるだろう。アラブ人は「悪賢く、攻撃的で、ずるい」と言う人もいるだろう。やっつけ仕事を特徴づけるために「アラブの仕事だ」と言う人がいるだろう。トルコ人は「頑健で乱暴」だと言う人もいるだろう。自分の用心深さを正当化しようとして、ユダヤ人に最悪の身体的・道徳的欠点を押しつける人もいるだろう。例はいくらでもある。黒人が白人は変な臭いがすると言い、アジア人が黒人は野蛮だと言う等など。君のボキャブラリーから、「トルコ人の頭〔石頭〕」、「アラブ人の仕事〔やっつけ仕事〕」、「黄色い笑い〔不気味な笑い〕」、「黒人みたいに骨の折れる仕事をする」といった、できあいの言い回しを追放しないといけない。暴言と闘わないといけない。

——どうやって闘うの？

まず、尊重することを学ぶことだ。尊重することがいちばん重要なんだ。それに、人々は愛されることを求めているのではなく、人間の尊厳という点で、尊重されることを求めている。尊重というのは、気をつかうことであり、敬意をはらうことだ。それは、相手の言うことに耳を傾けることができるということだ。外国人は、愛情や友情じゃなく、尊重を望んでいるんだ。愛情や友情は、後で、お互いによく知り合って好意をもったときに生まれるかもしれない。しかし最初は、どのようなできあいの判断ももつべきじゃない。言いかえれば、偏見はもつべきじゃない。ところで、人種差別は、民族とその文化についてのできあいの考え方のおかげで発展するんだ。別の馬鹿げた一般化の例をあげよう。スコットランド人はけちだ、ベルギー人はあまり賢くない、ジプシーは泥棒だ、アジア人は腹黒い等など。あらゆる一般化が愚かで、まちがいのもとだ。だから、「アラブ人はこうだ」、「フランス人はこんな風だ」なんて絶対に言うべきじゃない。人種差別主義者とは、特殊な例から出発して一般化する人のことだ。人種差別主義者は、一人のアラブ人に泥棒に入られると、すべてのアラブ人が泥棒だと結論づける。他人を尊重することというのは、正義に気づかうことだ。

――人種差別的にならずにベルギー人の話をすることができるのね！

他人をからかうことができるためには、自分自身を笑うことができないといけない。さもないと、ユーモアに欠けることになる。ユーモアは一つの力だ。

――「ユーモア」って何？ 笑いのこと？

ユーモアのセンスをもつということは、冗談が言えることであり、もったいぶらないでいられるということだ。それは、あらゆることについて、笑いや微笑を誘う面を強調することだ。ある詩人は、「ユーモアは、絶望に対する礼儀だ」と言ったことがある。

――人種差別主義者は、機嫌《ユメール》、じゃないユーモア《ユムール》のセンスをもっているの？

それは、おもしろい言いまちがいだ。以前は、ユーモア《ユムール》を意味するのに、「機嫌《ユメール》」という語を使っていたんだよ。いや、人種差別主義者はユーモアのセンスをもっていない。彼らの機嫌について言えば、たいていの場合不機嫌だ。彼らが笑うことができるのは、自分自身には欠点がないかのように他人の欠点を指摘して、意地悪く笑うことだけだ。人種差別主義者が笑うのは、彼らの言うところの優越性を示すためだ。実際に示すのは、無知や愚かさ、悪意なんだけどね。人種主義者は、他人を指すために、おぞましく、侮蔑する言葉を使うだろう。例えば、アラブ人を「人夫野郎《ブニュール》」や「ねずみ野郎《ラトン》」、「アラブ野郎《ビコ》」、「間抜けアラブ」と呼び、イタリア人を「イタ公」や「マカロニ野郎」、ユダヤ人を「ユダ公《ユピン》」、黒人を「黒んぼ《ネーグル》」などと呼ぶだろう。

――愚かだったら、人種差別主義者なの？

そうじゃないが、人種差別主義者だったら愚かだ。

――じゃあ、まとめていうと、人種差別は、第一に恐怖、第二に無知、第三に愚かさから生まれるのね。

その通りだ。でも、知識をもっていて、人種差別を正当化するためにそれを使う人がいることも知っておかないといけない。知性は、誤った主張のために使われることもある。だから、ことはそれほど簡単じゃない。

――どんな風に？

教育も教養もある人が、例えば失職などの不幸の後で、外国人のせいで自分はこんな状況になったと思いこむことがときどきある。心の底では、外国人には何の関係もないことを知っているんだが、自分の怒りを誰かに向けたいんだ。これは、**身代わりの山羊**と呼ばれている。

――「身代わりの山羊」って何？

ずいぶん昔、イスラエルの共同体の人々が、一匹の山羊を選び、自分たちの不純さの象徴という役目を負わせて、砂漠に放したんだ。自分たちのまちがいを誰かにおしつけたいと思うときに、身代わりの山羊を選ぶ。フランスでは人種差別主義者たちが、経済危機があるのは外国人のせいだと思いこませている。彼らは、外国人がフランス人の仕事とパンを取っているると非難しているんだ。だから、国民戦線と呼ばれる政党、人種差別の政党が、次のように書かれたポスターをフランスの国じゅうの壁に貼ったんだ。「失業者三〇〇万人＝余剰移民三〇〇万人」。知ってるかい、フランス人の五人に一人は、外国出身なんだよ！

――でも、移民も失業に襲われているのよ！　ママの従姉妹のスアッドのお父さんは、二年間も仕事がないの。探すんだけど見つからないのよ。仕事のために電話して、時にはＯＫが出るんだけど、行ってみたら「一足違いでした」って言われるんだって！

その通りだ。それにしても人種差別主義者はうそつきだ。彼らは、真実を気にかけることなく、好き勝手なことをしゃべっている。彼らが望んでいるのは、スローガンで移民をたたくことだ。経済学の研究によって、この「失業者三〇〇万人＝余剰移民三〇〇万人」という等式にまったく根拠がないことが証明された。でも、仕事がなくて不幸な思いをしている人は、怒りを和らげてくれることなら、どんな馬鹿げたことでもすぐに信じてしまうんだ。

――移民を非難することで仕事が生まれるわけじゃないのに！

そう、まったくだ。ここにも、不幸と悪事の責任を負わされた者としての外国人に対する恐怖がある。その方が簡単なんだ。人種差別主義者は、自己欺瞞を行う人間だ。

――「**自己欺瞞**」って？

例をあげよう。ある外国人の生徒が学校で悪い点を取ったとしよう。あまり勉強しなかったんだから自分自身を責めないといけないのに、かわりに自分が悪い点をとったのは先生が人種差別主義者だからだと言うんだ。

――従姉妹のナディアみたい。あの子、先生に注意を受けて、両親に先生はアラブ人が好きじゃないって言ったことがあるのよ。ずうずうしい。彼女が悪い生徒だってことはわかってるわ。

それこそ自己欺瞞だよ！

――でもナディアは人種差別主義者じゃないわ……。

彼女は、責任を免れようとして、ばかげた論法を使うんだ。それは、人種差別主義者のやり方に似ている。

――じゃあ、恐怖と無知と愚かさに、自己欺瞞も足さなきゃ。

そうだね。今日メリエムに、人がどのように人種差別主義者になるかを説明したのは、人種差別が悲劇的な規模に達することがあるからなんだ。その場合もはや、たんに特定の集団に属する人たちへの警戒や嫉妬の問題ではなくなる。過去には、一民族全体が人種差別の法や絶滅の法によって虐げられたこともあった。

──「絶滅」って何？　きっと恐ろしいことね！

それは、ある共同体、ある集団を、根本的、決定的な方法で消そうとすることだ。

──どうやって？　全員を殺すの？

それは、第二次世界大戦中、ナチス・ドイツの元首であるヒットラーが、地上からユダヤ人とジプシーを消すと決めたときに起きたことだ（アラブ人については、ヒットラーは「ひき蛙の次にくる最後の種」だとしたんだ！）、彼は、五〇〇万人のユダヤ人を焼き殺したり、毒ガスで殺したりすることに成功した。それは、民族大虐殺《ジェノサイド》と呼ばれている。その基礎には、「ユダヤ人は、『不純な人種』したがって下等な人種に属すと考えられるので、絶滅させる、つまり最後の一人まで消す必要がある」とする人種差別的な理論がある。ヨーロッパでは、住民にユダヤ人がいる政府は、ユダヤ人を摘発してナチに引き渡さなければならなかった。ユダヤ人は、見分けがつくように、胸に黄色い星をつけないといけなかったんだ。この人種差別には、**反ユダヤ主義《アンチセミティイスム》**という名前がつけられている。

——その言葉は、どこから来たの？

それは、「セム人」という言葉から来ている。セム人というのは、西アジアに起源をもち、例えばヘブライ語とアラブ語のようないくつかの近い言語を話すグループを指す。だから、ユダヤ人とアラブ人はセム人なんだ。

――じゃあ、反ユダヤ主義者だったら反アラブ主義者なの？

一般的には、反ユダヤ主義《アンチセミティスム》と言うと、反ユダヤ人種差別を意味する。ユダヤ人全員を殺害するよう平然と考えられ、計画されたんだから、それは特殊な人種差別だ。もっと直接的に君の質問に答えると、反ユダヤ主義的な人は反アラブ主義的でもあると言いたい。いずれにしても、人種差別主義者というのは、ユダヤ人であれアラブ人であれ黒人であれ、他人が好きじゃない人なんだ。もしヒットラーが戦争に勝っていれば、ほとんど人類全体と戦うことになっていただろう。純粋な人種なんて存在しないんだから。ナンセンスだ。不可能だ。だからこそ、細心の注意を払っていないといけない。

――ユダヤ人が人種差別主義者になることはある?

ユダヤ人が人種差別主義者である可能性もある。同様に、アラブ人が人種差別主義者である可能性も、アルメニア人が人種差別主義者である可能性も、ジプシーが人種差別主義者である可能性も、有色人が人種差別主義者である可能性もある。人種差別的な感情をもったり行動をとったりする可能性のある人物がいないような人間のグループは存在しない。

――人種差別の被害を受けているときでも?

不正の被害にあったからといって必ずしもその人が公正であるわけではない。

人種差別についても同じことだ。人種差別の被害にあった人が、場合によっては、人種差別の誘惑に負けることもある。

――「**民族大虐殺**《ジェノサイド》」って何なのか説明して。

それは、ある民族グループの組織的・体系的な破壊だ。権力をもった狂人が、あらゆる手段で特定の人間のグループに属している人々全員を殺すよう平然と決める。一般的に言って、よくこの種の決定の標的になるのは、少数派の**民族**《エトニー》だ。

――また私の知らない単語が出てきたわ。「民族《エトニー》」って何？

それは、何代にもわたって伝えられてきた言葉や衣装、伝統、文明を共通してもつ人たちのグループだ。同じものを持っていて、それがはっきりわかる人たちだ。このグループを形づくっている人たちは、いくつかの国に分かれて住んでいることもある。

——例をあげてみて。

ユダヤ人、ベルベル人〔ガビル語、タマシェク語などベルベル諸語を話し、北アフリカの山岳地帯や砂漠に広く分布する〕、アルメニア人〔インド・ヨーロッパ語の一つであるアルメニア語を話す。旧ソ連邦の一国だったアルメニア共和国を中心とする地域に住む〕、ジプシー、カルデア人〔カルデア語を話し、古代メソポタミア南部の地域に定着した〕、キリストの言語であるアラム語〔北西セム語の一つ。前一四世紀初頭シリアおよびメソポタミア北部に定着したセム系民族であるアラム人の言語〕を喋る人々、など。

――人数が少ないと、民族大虐殺の危険があるの？

歴史が示しているのは、多くの場合少数民族つまり数が多くない人たちが迫害されてきたということだ。今世紀だけ取り上げてみても、一九一五年に、アナトリア〔トルコのアジア大陸部〕東部に住んでいたアルメニア人が、トルコ人によって追い払われ大量虐殺された（全人口一八〇万人のうち一〇〇万人以上の死者）。次に、ロシアとポーランドで大量虐殺されたユダヤ人がいた（この大量虐殺はポグロムと呼ばれている）。その直後、ヨーロッパで、ナチスによって五〇〇万人のユダヤ人が強制収容所で殺害された。一九三三年以来、ドイツ人はジプシーを「人種的に劣った人間」と宣言して大量虐殺した（死者二万人）のと同様、ユダヤ人を「否定的人種」、「亜人種」とみなしたんだ。

――それは昔のことでしょ。今は？

少数民族の大量虐殺は続いている。最近では、一九九五年、セルビア人たちが、「民族浄化」と呼ぶものの名で、数知れないイスラム教徒ボスニア人を虐殺した。

ルワンダでは、フツ族がツチ族（少数民族で、ヨーロッパ人たちに優遇され、フツ族と対立させられてきた）を虐殺した。この二つは、ベルギー人がこの国の大湖《グラン・ラック》水地方を植民地化して以来、戦争をしてきた民族だ。後でもう一度話すつもりだけど、植民地主義は、多くの場合、支配するために住民を分割してきたんだ。本当に今世紀は、大量虐殺と苦痛であふれているね。

――で、モロッコにもユダヤ人はいるでしょ？　ベルベル人がいることは知ってるわ。ママがベルベル人だもの。

モロッコでは、ユダヤ人とイスラム教徒がほぼ一一世紀のあいだ、一緒に暮らしてきた。ユダヤ人には彼らの地区があって、メラーと呼ばれている。彼らはイスラム教徒と混ざり合わなかったけれど、喧嘩もしなかった。ユダヤ人とイスラム教徒のあいだには、少し警戒感があったけれど、尊重の気持ちもあった。いちばん大切なことは、ヨーロッパでユダヤ人が虐殺されているときに、モロッコでは守られていたということだ。フランスがドイツに占領されているとき、モロッコの王であるムハンマド五世は、ユダヤ人を強制収容所つまり地獄に送るよう要求してきたペタン元帥〔当時のフランス元首。ナチス・ドイツに協力した〕に対して、ユダヤ人を引き渡すことを拒否した。モハメッド五世はユダヤ人を守ったんだ。王はペタンに次のような返事を送った。「彼らは私の臣下であり、モロッコ市民である。ここで、彼らは自国にいるのであり、安全である。私は、彼らを守ることを誓う」。世界中に分散したモロッコのユダヤ人は、モロッコをとても愛している。現在モロッコには数千人のユダヤ人が残っている。出ていった人たちは戻りたがっている。モロッコは、地球上で最も多くのユダヤ人のいるアラブ・イスラム教国なんだ。モロッコのユダヤ人たちが、フェスの南にある小さな町セフルを何と呼んでいるか知ってるかい？　「小エルサレム」と呼んでいるんだ。

――でも、なぜ出ていったの？

一九五六年にモロッコが独立したとき、彼らは何が起こったのかわからず、恐くなったんだ。すでにイスラエルに住み着いていたユダヤ人たちが、彼らに来ないかと誘った。その後、イスラエルとアラブ諸国のあいだの一九六七年と一九七三年の戦争によって、ついに彼らは、生まれた国を離れて、イスラエルやヨーロッパ、北米に行く決心をしたんだ。しかし、イスラム教徒のモロッコ人たちは、この出国を残念に思っている。二〇〇〇年以上ものあいだ、ユダヤ人とイスラム教徒は平和に暮らしてきたんだからね。ユダヤ人とイスラム教徒によって作られたアラブ語の歌や詩がある。それは、この二つの共同体のあいだの深い理解の証明だ。

——じゃあ、モロッコ人は人種差別主義者じゃないのね！

その主張には意味がないよ。全部が人種差別的な国民だとか、人種差別的でない国民だとかは存在しないんだ。モロッコ人も他の人たちと同じだ。モロッコ人のなかにも、人種差別的な人もいるし、人種差別的でない人もいる。

——モロッコ人は外国人が好きなの？

モロッコ人は、歓待の伝統で知られている。モロッコ人は、行きずりの外国人を歓迎し、国を見てもらい、自分たちの料理を味わってもらうことが好きなんだ。モロッコの家族は、どんなときでも客を歓待した。それは、ほかのマグレブ〔アラブ人がアフリカ大陸北西部につけた名称。モロッコ、アルジェリア、チュニジアを含む、かつてのフランス植民地域〕人たち、砂漠のアラブ人、ベドゥイン族、放牧民などにも言えることだ。しかし、モロッコ人にも、とくに黒人に対して非難すべき行動をとる人がいる。

――どうして黒人なの？

なぜなら、古代、モロッコの商人は、商売をするためにアフリカに出かけたからだ。彼らは、セネガル人、マリ人、スーダン人、ギニア人と商売をし、何人かは黒人女性をつれて帰ってきた。彼らが黒人女性とのあいだにもうけた子どもたちは、多くの場合、白人の奥さんやその子どもたちにいじめられた。僕のおじさんには黒人の奥さんが二人いた。黒人の従兄弟もいる。彼らが僕たちといっしょに食事をしなかったことを憶えている。黒人をアビド（奴隷）と呼ぶ習慣があったんだ。

モロッコ人よりかなり昔に、ヨーロッパの白人は黒人を「猿のような特別の動物」(ビュフォン、一七〇七ー一七八八)と見なしていた。しかし、この非常に博学な人は次のようにも述べている。「黒人は劣っている。したがって、彼らが奴隷身分に置かれるのは当然である」。奴隷制度は、ほぼ全世界で廃止された。でも、かたちを変えてあちこちに残っている。

——白人の雇い主が黒人を鞭で打つアメリカ映画と同じね……。

アメリカの黒人は、アメリカに定着した最初の移民がアフリカに探しに行った奴隷の子孫だ。**奴隷制度**というのは、人間に適用された所有権のことだ。奴隷制度は、完全に自由を奪う。身体も心も、自分を買った人間に属することになる。アメリカでは、黒人に対する人種差別が非常に激しかったし、現在も続いている。黒人たちは、権利を手に入れるために激しい闘いを行った。それ以前、いくつかの州で、黒人は、白人と同じプールで泳ぐ権利も、白人と同じトイレを使う権利も、白人と同じ墓場に入る権利も、白人と同じバスに乗ったり同じ学校に通ったりする権利もなかったんだ。一九五七年、合州国南部の小さな町リトルロックで、九人の黒人の子どもたちが白人校のセントラル・ハイスクールに入るために、アイゼンハワー大統領と警察、軍隊の介入が必要だった。黒人の権利のための闘いは、この闘いの偉大な指導者の一人マーティン・ルーサー・

キングが、一九六八年にアトランタで暗殺されたにもかかわらず、中断することはなかった。現在は、状況が変わり始めている。白人と黒人が別々に暮らしていた南アフリカと同じだ。それは、**アパルトヘイト**と呼ばれていた。人数の多い黒人が、国を治めている少数の白人によって差別されていたんだ。

黒人も、他のすべての人と同じように、自分たちと異なる人々に人種差別的な行動をとると言っておかなければならない。彼らがよく人種差別の被害者になるからといって、彼らのなかから人種差別主義者になる人がいなくなるわけじゃないんだ。

——さっき、植民地主義が人々を分割するって言ったでしょ。「植民地主義」って何？　それも人種差別から来るの？

一九世紀、フランスやイギリス、ベルギー、イタリア、ポルトガルといったヨーロッパの国々が、アフリカやアジアの国々を軍事力で占領したんだ。植民地主義というのは、支配のことだ。植民地主義者は、肌が白くて文明化された人間である以上、「下等人種に文明をもたらすこと」が自分の義務だと考えるんだ。植民地主義者は、例えばあるアフリカ人が黒人だという事実から、ある白人よりも知的能力が劣っている、つまり白人よりも頭が悪いと考える。

——植民地主義者は人種差別主義者だわ!

植民地主義者は、人種差別主義者であり、支配者だ。他の国に支配されると、自由でなくなり、独立を失う。だからアルジェリアは、一九六二年まで、フランスの一部と見なされていたんだ。アルジェリアの富は搾取され、住民の自由は奪われた。フランス人は、一八三〇年にアルジェリアに上陸し、国全体を横取りしたんだ。この支配を望まない人々は、追いかけられ、捕まえられて、殺されることもあった。植民地主義は、国家規模の人種差別だ。

――どうしたら、国が人種差別的になるの？

国全体じゃなく政府が、自国に属していない土地に行って住み着き、それを力で維持しようと勝手に決めるんだけど、それはこの土地の住民を軽視しているからだし、彼らの文化には何の価値もないと考えて、彼らに文明と呼ばれるものをもたらすべきだと考えるからだ。一般的に言って、その国は少し開発される。何本かの道路、何軒かの病院と学校が建設される。利益のためだけに来たのではないことを示すためのこともあるが、つねにそれを利用してもっと儲けるためだ。実は、入植者は、その国の資源を搾取するために役に立つものを開発してるんだ。これこそが植民地主義だ。たいていの場合それは、新しい富を横取りし、権力を増大するためなんだけれど、それを口に出すことはけっしてない。それは侵略、盗み、暴力であり、人々に重大な結果をもたらす可能性がある。例えばアルジェリアでは、植民地主義と手を切るために何年にもわたる闘いと抵抗、戦争が必要だった。

――アルジェリアは自由でしょう……。

うん。一九六二年から独立している。アルジェリア人が、自分たちの国のために必要なことを決めたんだ。

――一八三〇年から一九六二年まで、一三〇年っていうのはすごく長いね！

そう。アルジェリアの詩人ジャン・アムルーシュが、一九五八年に言ったようにね。

アルジェリアからすべてが奪われた
名前とともに同胞が
ゆりかごから墓場にいたる
人の歩みを定める神の
裁きとともに言葉が
小麦とともに土地が
庭とともに泉が

口にするパンと魂のパンが
（……）
アルジェリア人は投げ出された
全人類の外に
記憶も未来もない現在の
孤児にされたのだ
囚人にされたのだ

これこそが植民地主義だ。国が侵略され、住民から所有権が奪い取られ、この侵略を拒否する人々は牢獄につながれ、健康な働ける人間は植民地支配者の国に連行される。

——だから、フランスにはアルジェリア人がたくさんいるの？

独立以前、アルジェリアはフランスの一つの県だった。アルジェリアのパスポートはなかった。アルジェリア人はフランスの国民だと見なされていたんだ。キリスト教徒はフランス人だった。ユダヤ人も一八七〇年からフランス人になった。イスラム教徒の場合は、「現地人」と呼ばれたんだ。「植民地支配者によって占領された国の出身」であることを意味するこの語は、当時の人種差別的な表現の一つだ。だから「現地人」という語は、社会階級の下の方に分類される住民を意味する。現地人イコール下等民というわけだ。フランスの軍や産業に人間が必要になると、アルジェリアに探しに行った。アルジェリア人に意見が求められることはなかったんだ。パスポートを持つ権利は認められなかった。移動のために許可証が発行された。移動の命令が出された。それに従うことを拒めば、逮捕され、処罰された。それが初期の移民だったんだ。

――以前、移民はフランス人だったの？

アルジェリアから連れて来られた人々がフランス人と見なされるようになったのは、一九五八年以降にすぎない。でも、モロッコやチュニジアから連れて来られた人はだめなんだ。ポルトガル人やスペイン人、イタリア人やポーランド人ような他の人々は、自分自身で来ているが……。

――フランスってアメリカみたいね！

まったく同じというわけじゃない。この大陸の最初の住民だったインディアンを除いて、アメリカ人は全員移民だ。インディアンは、スペイン人によって、次にアメリカの白人によって虐殺されたんだ。クリストファー・コロンブスが新世界を発見したとき、インディアンに出会うことになる。彼は、インディアンがヨーロッパ人と同じような人間であることを確認して、非常に驚いた。というのも、一五世紀当時、インディアンに心があるかどうか疑問に思われていたからだ。インディアンは、人間よりも動物に近いと想像されてたんだ！

アメリカは、さまざまな民族と、世界中から来たさまざまな住民のグループから構成されている。それに対してフランスが移民の地になったのは、一九世紀の終わりごろのことにすぎない。

——でも、移民が来る前、フランスに人種差別はあったの？

人種差別は、人間が住んでいるところならどこにでもある。わが国に人種差別はないと主張できる国は一つもない。人種差別は、人間の歴史の一部分をなしている。それは病気のようなものだ。このことは知っておいた方がいいし、人種差別をはねつけたり、拒否したりすることを学んでおいた方がいい。自制して、「私が外国人を恐がったら、外国人の方も私を恐がるだろう」と自分に言い聞かせないといけない。私たちは、つねに誰かにとって外国人だ。一緒に生きることを学ぶこと、それこそが人種差別と闘うことなんだ。

——私はセリーヌと一緒に生きることを学びたくないわ。意地悪で、泥棒で、うそつきで……。

言い過ぎだよ。君と同じ歳の女の子一人に！

――セリーヌは、アブドゥーに意地悪をしたわ。教室で、アブドゥーの隣に座りたがらないで、黒人についていやなことを言うの。

セリーヌの両親は、彼女の教育を忘れたんだね。たぶん両親自身もちゃんと教えられなかったんだろう。でも、彼女がアブドゥーにとったような態度を、彼女にとっちゃいけないよ。なぜ彼女がまちがっているのか、話して、説明すべきだ。

――私一人じゃできないわ。

先生に頼んで、教室でこの問題を話し合いなさい。ねえメリエム、口を出して行いを改めさせることができるのは、とくに子どもなんだ。大人には、難しくなるんだ。

――なぜなの、パパ？

子どもは、頭のなかに人種差別をもって生まれるわけじゃないからだ。たいていの場合、子どもは、両親や近い人、よその人が言っていることを繰り返している。子どもは、まったく自然にほかの子どもたちと遊ぶ。この肌の色が違う子が、自分より優れているか劣っているかなんてことは問題にしない。その子にとって、彼は何よりもまず遊び友だちなんだ。仲がいいことも、けんかすることもある。当然だ。それは、肌の色とは何の関係もない。逆に、両親が、肌の色の違う子どもに気をつけるように言えば、違った行動をとるだろう。

――でもパパ、人種差別は一般的で、広まっていて、人間の欠点の一部分だって、ずっと言ってきたじゃない！

そう、でも子どもが本能の方向に進まないように、健康な考えを教えこまないといけないんだ。まちがった不健康な考えを教えこむこともできる。それは、両親の教育と考え方によるところが大きい。両親が人種差別的な判断を下したときは、子どもが両親を正さないといけない。彼らは大人なんだから、口を出すことをためらってはいけないし、気おくれしていてもいけない。

――どういう意味？　子どもは人種差別から救い出すことはできるけど、大人はだめってこと……。

もっと簡単に言うと、そういうことだ。成長してからの人間存在を支配する法則がある。すなわち、変わらないことだ！　ある哲学者が、とても昔にこう言っている。「すべての存在には存在し続けようとする傾向がある」。その哲学者の名前はスピノザって言うんだ。もっと通俗的に、「シマウマのしまは変えられない」と言う人もいるだろう。別の言い方をすると、できてしまったものは仕方がないというわけだ。逆に子どもは、まだ学んで育つことができるし、受け入れることができる。「人種の差異」を信じている大人を説得することは難しい。逆に子どもは変わる可能性がある。学校が作られているのは、そのためだ。つまり人間は、生まれつき、またその後も、権利の上で平等であることや、お互いに異なっていることを子どもたちに学ばせるため、そして人間の多様性は豊かさでありハンディキャップじゃないということを子どもたちに教えるためなんだ。

――人種差別は直るの？

人種差別は病気だと思ってるね！

――うん。だって、肌の色が違うからって人を軽蔑するのは普通じゃないもん

……。

直るかどうかは、その人による。自分を問い直すことができるかどうかだね。

――どうしたら自分を問い直すことができるの？

自分自身を問い、疑い、「私のように考えることはたぶんまちがいだろう」

と自分に言い聞かせ、考え方や行動の仕方を変えるために反省の努力をすることだ。

――でも、人間は変わらないって言ったでしょ。

そうだね。でも、まちがいに気づいて、それを乗り越えることを受け入れることはできる。だからといって、本当に、完全に変わったわけではない。合わせているんだ。自分自身が人種差別による拒否の犠牲者になって、人種差別がどれほど不公正で受け入れがたいものか気づくこともある。そのことに気づくためには、旅行すること、他の人を発見しに行くことを受け入れるだけでいいんだ。よく言われるように、旅行は若者を鍛える。旅行をすることは、発見することや学ぶことを愛することであり、どれほど文化が異なるか、すべての文化が美しく豊かであるかに気づくことなんだ。他の文化より優れた文化なんて存在しない。

――じゃあ、希望はあるのね……。

人種差別と闘わなければならない。人種差別主義者は、危険であると同時に犠牲者なんだから。

――どうしたら、一度にその両方になることができるの？

他人に対しては危険で、自分自身に対しては犠牲者なんだ。彼はまちがっているけれど、そのことを知らない、あるいは知ろうとしない。自分のまちがいを認める勇気をもたないといけない。人種差別主義者には、その勇気がないんだ。自分がまちがっていることを認めて、自分自身を批判することは、簡単なことじゃない。

――言ってることが、あまりはっきりしてないわ！

そうだね。はっきりさせないといけない。「君はまちがっていて、僕が正しい」と言うのは簡単だ。だけど「正しいのは君で、まちがっているのは僕だ」というのは難しい。

――人種差別主義者が、まちがっていることを知っているかどうか、あやしいと思うわ。

実際、やってみようと思えば、そして、すべてを問う勇気があれば、知ることができるんだが。

――どんな問い？

私は本当に他人よりもすぐれているか？　他よりもすぐれたグループに属しているというのは本当か？　私のグループより劣ったグループはあるのか？　もし劣ったグループがあるとして、どんな理由でそれらのグループと闘うのか？　身体の違いが、知的能力の違いを生むか？　言いかえれば、白い肌をしていると頭がいいのか？

――弱い人たちや病人、老人、子どもたち、身障者、こうした人たちはみんな劣っているの？

臆病な人の目には、そう映る。

――人種差別主義者たちは、自分たちが臆病だということを知っているの？

いや、臆病さを認めるのにも勇気がいるからね……。

――パパ、同じところをぐるぐる回ってるみたい。

そうだね、でも、どんなふうに人種差別主義者が、自分自身の矛盾にとらわれ、そこから抜け出そうとしないかを教えたいと思ったんだ。

――それじゃあ、病気ね！

そう、ある意味では。抜け出したら、自由に向かうことになる。人種差別主義者は自由が嫌いなんだ。自由が恐いんだ。違いが恐いように。人種差別主義者が好きな唯一の自由は、自分の自由であり、何でも好きなことをさせてくれる自由なんだ。他人を裁いたり、自分と違うというだけで厚かましくも他人を軽蔑したりする自由だ。

――パパ、下品な言葉を使うわよ。人種差別主義者は馬鹿だわ。

その言葉じゃ弱いけど、かなり正しいよ。

結論

人種差別との闘いは、日々のすばやい反射行動でないといけない。けっして用心をおこたってはいけない。例をあげることや、使われている言葉に注意することから始めないといけない。言葉は危険だ。人を傷つけたり侮辱したりするために使われる言葉がある。また、本来の意味からそれて、上下関係を作ったり差別をしたりしようとする人たちの下心に火をそそぐ言葉もある。美しく幸福な言葉もある。一般化することによって結果として人種差別へと向かうことになるできあいの考えや、ある種の格言やことわざを捨てないといけない。最終的に、君のボキャブラリーから、まちがった有害な考えを伝える表現を取り除かないといけない。人種差別との闘いは、言葉についての勉強から始まる。さらに、この闘いには意志と忍耐力と想像力が必要だ。人種差別主義者の演説や行動に怒るだけでは、もはや不十分だ。人種差別主義的な性質にずれていくことを見逃さずに、対処しないといけない。けっして「大したことないわ！」と自分に言い聞かせないこと。もし見逃して、言わせるままにしておけば、人種差別が発展して、この災いにのみこまれなくてもすんだかも知れない人たちにまで広がることを許してしまうことになる。何の対処もしないことで、人種差別はありふれたものになり、わがもの顔でのし歩くようになるんだ。現に法律があることを知っておいてほしい。人種差別の憎しみをそそのかした者は、法律で罰せられるんだ。また、あらゆる形の人種差別と闘う団体や運動があって、すばらしい仕事をしていることも知っておいてほしい。

新学期が始まったら、生徒全員をよく見て、みんな違っていること、この多様性がすばらしいことだということに気づいてほしい。それが人類にとっての可能性なんだ。この生徒たちは、いろいろな方向から来ており、君が彼らの知らないことを教えることができるのと同じように、彼らは君がもっていないものを君にもたらすことができる。混ざり合うことは、お互いが豊かになることだ。

そして最後に、それぞれの顔が一つの奇跡だということを知っておいてほしい。それはたった一つなんだ。これから先も、完全に同じ二つの顔に出会うことは絶対にない。美しさや醜さなんて重要じゃない。それは相対的なものだ。それぞれの顔が生命の象徴なんだ。あらゆる生命が尊重に値する。他の人間を侮辱する権利は誰にもない。それぞれの人間が尊厳の権利をもっている。一つの人間存在を尊重することによって、その人間存在を通して、生命に敬意を捧げることになるんだ。生命がもつ美しい点、驚くべき点、異なる点、思いがけない点すべてにおいて。他人に敬意をはらうことによって、自分自身に対する敬意を示すことになるんだ。

付録　子どもたちの言葉

付録　人種差別を扱ったフランスの司法機関の条文

一九七二年七月一日法。フランス国民議会において満場一致で採択された。同法は、人種差別的な侮辱や名誉毀損、および「一個人や個人のグループに対して、その出自や、ある民族、人種、宗教に属しているもしくは属していないという理由で、差別や憎しみを煽ること」を罰する。同法は、五年以上活動している反人種差別団体が、損害賠償を請求することを認めている。

一九四八年一二月九日、国連規約は、民族大虐殺《ジェノサイド》を、人類に反する犯罪だと認めた。同規約は次のように定めている。「民族大虐殺とは、国民、民族、人種、宗教のグループの全体もしくは一部を絶滅させる意図で犯された、時効のない犯罪である」。諸国は、原理上、民族大虐殺が特定されたときから、「警告」もしくは「処罰」のために介入する義務を負う。

一九九八年の一月から三月のあいだに、フランスとイタリアの約一五校の中学校と高校に行きました。本書を読んだとくに中学一年生と二年生の生徒たちと会談したのです。

全体の印象は、彼らが人種差別というテーマに興味をもっており、心配さえしているということです。いちばん不安を示したのは、マグレブ移民の子どもたちでした。この討論会から引き出せる三つの主題は、どのように人種差別と闘うか、どのようにしてうまく同化させるか、ファシズムと国民戦線に対する恐怖と寛容の限界の三つです。

生徒たちは、先生によって準備ができていました。本書が説明、解説され、討論が行われていたのです。私が到着すると、生徒たちは、あらかじめ両親や先生のチェックを受けた質問をしてくれました。

サラ、一一歳。大きな黒い眼をした、モンペリエのクレマンソー中学校の一年生。「アラブ人が多すぎるからと、自分の子どもをフランスの学校から退学させたアラブ人の親をどう思いますか?」。私は、本当に両親がアラブ人なのですかと尋ねながら、質問を繰り返してもらいました。彼女は、「その通りです」と答えた。驚いたことを伝えてから、「どうやって子どもに自己嫌悪を伝えようか」と自問しました。私はあきらめて、非常に強い同化願望について話をする方がいいと考えました。「その両親は、自分たちの子どもが他の子どもつまりフランス人の子どもたちと同じであることをとても強く望んだので、他のアラブ人の子どもから切り離すことによって、自分の子どもをひょっとして起こるかも知れない差別から救おうと思ったんです」と述べた。サラは私の言葉をさえぎった。「でもその子は、学校を離れたくなかったんです。この親は人種差別主義者です!」。会談の場にいた学級主任が、間に入って私にこう言いました。「これは彼女のことなんです。それによって傷ついたんです」。

子どもたちから受けたすべての質問のなかで、おそらくサラの質問がいちばん思いがけない質問であり、いちばん激しい質問でした。また私は、自分の子どもが人種差別的な言葉を口にしたり、さらには国民戦線の隊列に加わったりするときの動揺と無力感を語る親たちを前にして、かなり途方にくれました。彼らは驚いて、「私たちは、子どもによい教育を与えるよう注意してきたのに、いつも反人種差別組織の戦列に加わってきたのに……」と語るのです。パリの「緑への目」という書店で、あるお母さんに質問されました。「夫と私は、悲劇を体験しました。一五歳と一七歳の二人の息子は、よくマグレブ人に攻撃されるんです。そのたびに一般化すべきじゃないと説明しようとするんですが、彼らは反マグレブの人種差別論を繰り広げるんです。どうすればいいんでしょう。あなたの本は、この問題について語っていません」。

その後、ブールジュ〔フランス中部ベリー地方の中心地〕の中学生から、違った仕方で同じ質問を受けました。「マグレブ人はいつも家のガレージの前に駐車するから、もう我慢できないという父をさとすことができません。困ったことに、彼らはわかろうとしないんです……」。

ランス〔パリ東方マルヌ県の町〕の女性教員は、次のように嘆いています。「マグレブの生徒たちが、私にわからないようにアラブ語で話し合うんです。いらいらします。どうすればいいでしょう?」

同じ中学の三年生、一四歳のカミーユ。「どこで寛容をやめるんですか?同じ階の人が、一四歳の娘に、むりやり結婚させたりヴェールをかぶらせたり〔イスラム法で、女性はヒジャーブというヴェールをかぶることが義務づけられている〕しようとしているときに、どのように抵抗すればいいんですか?」

答えてくれたのはマリカです。「フランスでは、そんなことできません。もし父がむりやり結婚させようとしたら、いちばん仲のいい友だちの家に行って隠れます」。

ランド地方〔フランス南西部の松を植林した海岸砂丘地帯〕にある人口五〇〇〇人

の町バザスで、若いイギリス人が、フランスでのヴェール事件〔イスラム原理主義の高まりとともに、約一〇年前からフランスの中学や高校にヒジャーブをかぶって登校する女生徒が現れ、繰り返し問題になっている。フランスの学校は原則として無宗教〕が与えた反響の大きさに驚いたと述べました。「イギリスではもっと寛容です！」

ブールジュの中学校職員のカディージャが発言し、子どもにまじって対談に割り込むことをわびながら尋ねました。「いつ『親に語る人種差別』をお書きになるんですか?」。そして、非イスラム教徒のヨーロッパ人と結婚することを両親に認めてもらう難しさについて語りました。彼女は続けます。「私にとってそれは人種差別なんです。両親は外国人が恐いんです。私の両親に受け入れてもらうために、愛する人が偽善的にイスラム教徒に改宗することを望みません」。

ルーベー〔北仏、リール北東の都市〕のセヴィニエ中学校一年生、フリア。「人種差別主義者の両親をもつ子に働きかけることはできると思いますか?」。後に、これと同じ疑問が、ロンム〔北仏、リールの郊外都市〕のジャン・ジョレス中学校の一二歳リディによって示されました。「もし私の家族が人種差別主義者だったら、私もそうなんですか?私が家族に教えることはできますか?」彼女の友だちのカリーヌが話をつなぎます。「中学で、人種差別主義者の生徒を知っています。彼は本を読みたがりません。彼が悪いんじゃなくて、家族が変なんです。そのことで彼と話をしようとしましたが、何もできません。何も聞こうとしないんです。どうしていいかわかりません。説得する方法を教えていただければと思います……」。

ミリアム、バザスのアナトール・ド・モンジー高校の一年生。アルジェリア人の両親のもとにフランスで生まれた彼女は、トゥーロンで生活している兄が、「仕事を見つけ、普通の生活を送ろうとすれば」、いかに姓名を変えなければならなったかを語りました。沈黙の後で彼女は付け加えました。「兄の生活はそれで少しも変わりませんでした。顔は変えられないんですから！　私の方は、ここで気持ちよく暮らしています」。

フランス人とアルジェリア人のカップルの子であるマレックがそれに答えます。「僕は、人種差別にユーモアで答えることを学びました。ボルドーに住んでるとき、人種差別主義者の当てつけに笑顔で答えていました。でも妹は傷ついて悩み、精神科の医者にかからないといけなかったんです」。

すべての子どもに、この人種差別主義者の侮辱をあざけり笑いに変える能力があるわけではありません。したがって、行ったところではどこでも同じ質問を受けました。「人種差別主義者の攻撃にどのように対抗すればいいのですか。あなたは本書で、こうした場合にどのような行動ができるか語っていません……」。

確かに本書にはそれが欠けています。私は、見過ごすことなく対抗しなければならないこと、ソフト・ドラッグやコカコーラ・ライトのような軽い人種差別があると考えてはならないこと、人種差別的憎悪の扇動を罰する法律があることなどをあらためて述べながら返答しました。ある日、モンテリマール〔フランス南東部、ローヌ川流域にある町〕のアラン・ボルヌ中学校で、討論に出席していた校長が何度か合図してくれました。ある先生が耳元でささやきました。「ご注意ください。校内暴力を助長しないでください。ここでは大問題なんです。子どもたちは、学校で殴り合うことが正しいことだと思いこむおそれがあります」。私は、人種差別的な侮辱に対して、別の人種差別的な侮辱でこたえるべきではなく、説明するため、クラス全員で話し合うために、落ち着いて、その機会を利用すべきだと強調して、訂正しました。

同じ中学校の二年生のオードレイはこう語ってくれました。「僕は人種差別主義に従ったことは一度もありません。人種差別をしたことも一度もありません。フランスに住んでいる北アフリカの人々は、フランス人に対して人種差別的です。フランスに住んでいる外国人のなかには、わが国の法律を認めていない人がいます……」。同じクラスのローランも同じ意見です。「人種差別の大部分は、黒人とマグレブ人が白人に対して引き起こしたものです。TVやニュースで、フランス人がアラブ人を殺したときは二週間話題になります。それに対して、逆の場合は、二、三日しか話題になりません」。同じクラスの別の生徒が、そっと耳打ちしてくれました。「僕は人種差別主義者じゃないけど、アラブ人のなかに嫌いなやつが何人かいます。だってやつら馬鹿だから。アラブ人に腐れチーズ野郎と侮辱されたことがあります」。マルレーヌは、「青だろうが緑だろうが、黒だろうが赤だろうが黄色だろうが白だろうが、みんな心臓と脳が一つあるんです。私は侮辱されたことは一度もないし、誰も侮辱したことはないと思います」。それに対するこだまのように、バザスのアナトール・ド・モンジー高校二年生のレアは述べます。「告白しなければならないことがあります。小さいころ、同級生を『黒んぼ』呼ばわりしたことがあります。二度としませんでした」。

ランスの中学校二年生、一二歳のジェシカ。「両親も友だちも人種差別主義者でないのに、なぜ人種差別主義者になる人がいるんですか?」

同じクラスのアルチュール。「娘さんが人種差別主義者だと知ったら、どのように対応しますか?」

マリオン。「娘さんは、人種差別の犠牲になったことがありますか?」

フレデリック。「あなたは、直接、人種差別の犠牲になったことがありますか?」

私も娘も、少なくとも直接的、暴力的な人種差別の犠牲になったことがないと知ると、彼らは驚いていました。それで、マグレブの子どもたちは私に向かって「僕たちの方が恵まれている」と言ったのです。

このフランス巡回以前は、一一歳から一五歳までの子どもたちが、これほど国民戦線を心配していると思いませんでした。彼らは、この党を人種差別の害悪そのものだと見なしており、なぜフランスの民主主義は、この運動が発展するのを許しておくのか理解できないのです。モンペリエ〔南仏、ラングドック地方の中心都市〕の中学三年生からは、国民戦線の危険についての質問しか出ませんでした。ランスで、一四歳のヒシャムが語ってくれました。「もしある日フランス共和国がなくなったら、移民をすべて追い出す独裁者が出てくるでしょう。あなたの対応は?」。もう少し説明してほしいと頼むと、彼は詳しく説明してくれました。「国民戦線は、独裁政治を行おうとしており、もうこの共和国を望んでいません。それが国民戦線の目的です。国民戦線は予告通りのことをするでしょう」。

別のマグレブの生徒。「反人種差別法があるなら、どうして国民戦線のような党が禁止されないんですか?」。モンペリエの中学校のラシッドは、違った仕方で質問しました。「どこまで寛容でなければならないのですか? 寛容は、すべての人に、いつでも適用されないといけないのですか?」

このとき私は、人間の正義と尊厳が踏みにじられたときには、不寛容を賞賛せずにはいられませんでした。不公正、侮辱、殺意のある憎しみに対して寛容であることはできないのです。寛容が美徳でありうるのは、耐え難いことに対して受身にならないかぎりのことです。寛容でなければなりません。言いかえればあらゆることを考慮に入れつつ異なるものを尊重しなければなりません。寛容でありつつ用心深くあることです。しかし、攻撃的な、仕返しの、凶暴な人種差別に直面すると、寛容ではまったくお手上げです。その際は、反応し、行動し、抵抗しなければなりません。ときには、それが身体を無傷に保ち、自分や子どもの生命を守ることになるのです。

同じクラスのコンスタンス。「国民戦線が広がっていったら、どう感じますか?」

ノエミ。「なぜ人権を守る国で、国民戦線のような政党が許されているんでしょうか?」

バザスでは、生徒の大部分が農村地帯から通っています。ある先生が言いました。「ここでは、人種差別はまったく、あるいはほとんど知られていません」。会合の終わりで、子どもたちは、この小さな本がなければ、人種的な憎しみが実際にあるとは思わなかっただろうと正直に認めてくれました。中学、高校全体で、黒い肌の生徒一人と、完全に同化して方言を話すマグレブ人の女生徒ミリアムしか見かけませんでした。外国人もいないし、人種差別もないのでしょうか? それほど確かなことではありません。というのも、子どもたちと討論してみて、彼らが人種差別の問題を、いちばん重要な問題としてではないとしても、心配していることがわかったからです。オーレリーが聞きます。「気づかないうちに人種差別主義者になることはありますか?」。エロディー。「何に突き動かされて、公然と人種差別を告発するようになったのですか?」。中学のなかでただ一人の黒人の子どもは何も言いませんでした。彼は、話しながら近づいてきて、サインのために本を差し出して言いました。「あのう、人種差別って何の役に立つんですか？」

教育優先地域であるルーベーのセヴィニエ中学で、私は、フランス語の先生によって準備された質問の嵐に襲われました。最初の質問は、本書に紛れ込んでいる矛盾を暴露しました。「混血の子どもは他の子どもより美しいというのは、一種の人種差別じゃないですか？」。以後、行く先すべてのクラスでこの質問を受けました。同じように、本書で人種差別主義者が馬鹿あつかいされていることに、ショックを受けた人もいました。モンペリエの中学校で、ステファニーが述べます。「あなたは、愛していなくても尊重しなければならないとおっしゃっています。しかし、本書の最後で、人種差別主義者を馬鹿あつかいされています。じゃあ、これは何ですか？」。ランスの中学校二年生エステル。「本書を書く前に、賛成・反対両方の意見をはかりにかけてみましたか?」。同じクラスのオーレリー。「あなたは、これまでに人種差別主義者の考えを変えさせるのに成功したことがありますか?」

他のいくつかのテーマや質問が、これらの討論に付け加えられました。とりわけマグレブの子どもたちは、恐れ、人種差別主義者の攻撃に対する恐れではなく、自分の場所がフランス社会のなかに見つからない恐れについて最も多く語っています。一四歳のアナーヌが質問してくれました。「同化って何ですか?」。これは、次のような意味です。「フランスで、アルジェリア人の両親から生まれ、家ではアラブ語を話すこの私が、いつか同化できるんでしょうか?」。この質問は、自分の子どもをアラブ人の中に入れたがらないアラブ人の両親に関するサラの質問に近いものです。また、姓と名を変えたミリアムのお兄さんを思い出させます。いつかこの国とこの国の歴史から排除されたくないというはっきりした意志をやさしい言葉で主張しながら、最も不安を訴えているのは、両親の出身国で将来を考えることが難しい移民の子どもたちであり、小さなフランス人たちなのです。

人種差別を知らないと語ったバザスの子どもたちについて言うと、彼らは口をそろえて、「僕たちがどのように成長するのを見たいんですか?」というすばらしい質問をしてくれました。モンテリマールの中学二年生のトマは、紙の切れ端をくれました。そこには、「人種差別とは、戦争の目でものを見ることだ」と走り書きしてありました。

一九九八年四月九日、カンピドグリオ(ローマの市)のプロトモテカ・ホールにおける小学生と中学生との会合。一〇歳から一四歳までの子どもたちが、先生の引率で、何人かは両親に連れられて来ていました。

ロベルト、一二歳。「あなたの本によれば、人種差別は、黒人よりも白人のあいだに広がっていることになります。人種差別は黒人にもあります。白人にも黒人にも人種差別がなくなようにするには、どうすればいいのでしょうか?」。私は彼に、奴隷制の犠牲者が、肌の黒いアフリカ人や「レッドスキン」と呼ばれたアメリカインディアンなど、つねに有色人種だったことを思い出してもらいました。だからといって、差別の犠牲者が、自分と違う人たちに対してつねに公正であるわけではないのですが。

イザベル、一三歳、五歳でイタリアに来たエチオピア人。「完全に終わっているのに、まだファシズムを信じている人がいるという事実は、どのように説明できるんですか?」

ダラック、一二歳、エチオピア人。「恐怖と無知以外に、どのような感情が人種差別を生むんですか?」

愚かさです。

ミシェル、一三歳が発言しました。「無知が人種差別を生み出すのなら、なぜ教養のある人が人種差別主義者なんですか?」

文化——知識、知恵、学識——は、必ずしもつねに善や進歩の観念と一致しません。他の民族について多くの事を知りつつ、その民族より優れているという態度を取ることは可能であり、自分の文化が他の文化より優れていると信じたり、そう信じこませることも可能です。ところで、文化を特徴づけるのは、いかなる倫理的・政治的価値判断も入らない多様性であり、差異です。一九九八年三月二八日土曜日、パリでの反国民戦線デモの際に書き留めておいた標語《スローガン》を思い出します。「人種差別が始まるところで知性は止まる」。

ファビオ、一三歳。「人種差別は湿気みたいですね。時間とともに家が倒れていきますから」。

シルヴィア、一〇歳。「あなたにとって、人間は自由ですか？」

これほど重大な質問をする女の子に何と答えるべきでしょうか？　彼女にこう言いました。「自由は人間の手の内にあります。自由であろうと決意すれば自由になります。つまり誰も人間の思考を止めることはできないということです。」

私が訪問した際に書いたテクストを、その後届けてくれた子どもたちもいました。

モンテリマールのある女生徒は、娘のメリエムのために書いた次のような詩を届けてくれました。

すばらしい少女
柱のあいだに横たわり
輝く月の下で笑っていた
インド人かモロッコ人か
彼女は毛糸を紡いでいた
かわいく憎しみのない

同じ中学校の三人の少年、シルヴァン、アレクサンドル、アンジェルが、別の詩を書いてくれました。

赤、青、緑、黒
アフリカの色で
命を奪うというのか
そこまでやるというのか
しかしわれわれの命はそれを愛さないのだ
愛にふるえる国を受け入れることは死ぬほどのことなのか

最後に中学一年生のダニエルの詩。

人種差別主義者がいるかぎり
待っても無駄だ
人種差別という語に影をつけよ
外国人に平安を与えよ
一片の平安を加えよ

一九九八年四月

訳者あとがき

本書は、Tahar Ben Jelloun, *Le racisme expliqué à ma fille*, Éditions du Seuil, 1998. の全訳です。著者の希望で、原書にない「付録」を付け加えました。

著者のタハール・ベン・ジェルーンは、現代のフランス語文学を代表するモロッコの小説家、詩人、批評家です。一九四四年、モロッコのフェスに生まれ、首都ラバトの大学で哲学を学んだ後、高校の教員を務めるかたわら詩を作り始めます。七一年、専制政治から逃れるためにパリに移り住みます。パリの大学や研究所では、フランスの移民労働者の実態を研究し、七五年に社会学の博士号を取得します。同時に、詩や小説を次々と発表、八七年には小説『聖なる夜』で、北アフリカ出身の作家として初めて、フランスの有名な文学賞、ゴンクール賞を獲得しました。他の代表作に『ハッルーダ』、『不在者の祈り』、『砂の子ども』、『気狂いモハ、賢人モハ』などがあります。また、『ル・モンド』紙などへの寄稿でも知られ、発言が最も注目されている人の一人です。日本語の翻訳も、六冊出ています（『砂の子ども』、紀伊國屋書店、一九九六年。『聖なる夜』、紀伊國屋書店、一九九六年。『歓迎されない人々』、晶文社、一九九四年。『気狂いモハ、賢人モハ』、現代企画室、一九九六年。『不在者の祈り』、国書刊行会、一九九八年）。著者の経歴や著書について、さらにくわしいことを知りたい方は、それぞれの訳書や後書きを参考にしてください。とくに『気狂いモハ、賢人モハ』の澤田直さんの「訳者解説」をおすすめします。

本書は、発売と同時にベストセラーになりました。それはフランスで人種差別がどれほど大きな問題かということの証明でもあります。ごく簡単に背景を説明しておきましょう。もともとフランスは、三代さかのぼれば、人口の半分は外国人だったと言われるほど移民の多い国でした。ただ、第二次世界大戦以前はポルトガルやイタリアなどヨーロッパからの移民がほとんどだったのに対して、戦後は、労働力の不足を補うために、おもにアルジェリアやモロッコなど北アフリカの旧植民地から数多くの移民を受け入れました。現在フランスに住んでいる外国人は約四五五万人、全人口の約八パーセントを占めていますが、そのうちヨーロッパ以外から来た人は、約二三〇万人に達しています。ところが、オイルショック前後から失業率が上昇し、もう移民はいらないという声が高まってきました。それとともに、ヨーロッパ以外からの移民に対する暴行事件や殺人事件が目立ち始め、文中にも出てくる「国民戦線《フロン・ナショナル》」という政党が、「フランスをフランス人の手に」と訴えて勢力を伸ばし、どの選挙でも一〇パーセントを超える票を得るようになってきました。また、政府も、九三年のパスクワ法、九七年のドブレ法、九八年のシュヴェヌマン法など、さまざまな移民締め出し政策を行っています。それに対して、市民のあいだにさまざまな反対運動が広がっています。メリエムが参加した「ドブレ法」反対のデモも、パリだけで約一〇万人の人々が参加しました。また、人種差別と闘うための民間団体が数多く活動しています（そのうちの一つ「SOS人種差別」については、次の本をご覧ください。『私の仲間に手をだすな』、第三書館、一九九三年)。また国外追放されそうな外国人を養子縁組する運動なども広がっています。

お読みいただければわかるように、人種差別に対する著者の主張は、はっきりしています。すなわち、人種差別は恐怖と無知と愚かさから起こる、そして人種差別の根本的な解決は子どもの教育しかないという主張です。著者のこのような主張に対して、目の前の人種差別の暴力を放っておいていいのか、政策や法律を変えることの方が重要ではないかという反論があります。実際、「付録」のなかで著者自身が認めているように、本書には差別と闘う具体的な方法が書いてありません。しかし、もちろん現実に起きている人種差別の暴力や移民締め出し政策と闘うことも大切ですが、長い目でみたとき、人々の考え方を変えること、そのために教育が重要であることはまちがいないと思います。その意味で、この翻訳も、ぜひ若い方々に読んでいただきたいと思っています。

著者にならって、一〇歳の息子、類《るい》に原稿を読んでもらい、わかりにくい言葉をチェックしてもらった後で、感想を聞いてみました。

書いてあることわかった?

――書いてあることはわかったと思うよ。「人種」とか「民族」とか、わからない言葉が出てきたら、次にちゃんとメリエムが聞いてくれるから。でも、なんていうか、中身はよくわからなかった。

どうして?

――だって、肌の色の違う人ってまわりにいないから。

でも、京都で英語を習っていた先生はカナダやアメリカの人だったよね? それに、神戸に引っ越してきてから、中国の人や韓国の人をよく見かけるようになったんじゃない?

――うん。でも、学校にはいないし、肌の色が違うわけじゃないし。

そうだね。実感がわかないかもしれない。でも、知っておいてほしいのは、だからといって日本に関係のない話じゃないということなんだ。現在、日本には、国の調べでは、おおよそ一五五万人の外国人がいると言われている。その人たちに対する暴力事件や暴言は後をたたないんだ。とくに朝鮮や韓国の人たちに対しては根強い差別がある。ベン・ジェルーンさんの生まれた国モロッコが昔フランスの植民地だったように、日本が朝鮮、中国、その他たくさんの国を植民地にしていたのは知っているよね。

――うん。前にお父さんから聞いたから。むりやり日本に連れて来られて働かされたんだよね？

そう。日本に連れて来られただけじゃなくて、自分の国でも、名前を日本風の名前に変えさせられたり、日本語をしゃべることや、日本人のために働くことを強制されたんだ。この本に書いてあるように、植民地支配は国全体の人種差別なんだから、日本もまちがいなく人種差別をしたんだ。それなのに、そんなことはしなかったとか、謝りたくないという大人がたくさんいるんだ。

話は違うけど、学校で「いじめ」はない？　よく、妹の真理《まり》とけんかしたり、しかられたりしたときに、「いじめだ」って言っているじゃない。

――あれはふざけて言ってるんだよ。「いじめ」かどうかわからないけど、クラスにとっても身体の大きな女の子がいて、よく「ゴリラ」って言われてる。僕は言わ

ないけど。でも、けんかが強いし、あんまり気にしてないんじゃないかな。

でも、気にしてるかどうかは、本人じゃないとわからないと思うよ。言った本人はふざけて言っているつもりの言葉が相手を傷つけることがよくあるんだ。「いじめ」と人種差別って似たところがある。身体の特徴や、しゃべり方が違うという理由で、その人を攻撃するんだからね。違うのは、人種差別の場合、国や民族が違うことが理由になること、社会に広がりやすいということだ。どちらの場合も、ベン・ジェルーンさんが言うように、別に好きにならなくてもいい。ただ、違うからといって攻撃するべきじゃない。尊重することが大切なんだ。そのためには、身体や習慣の違う人を恐れたり嫌ったりする本能的な気持ちをコントロールしなくちゃいけない。

――でも、日本で差別されるのが嫌だったら自分の国に帰ればいいんじゃない？

日本にもいろいろな民族の人がいた方が楽しいと思うけどな。そもそも、一つの国には一つの民族しか住んじゃいけないんだろうか？　実際、日本には、民族は一つしかないというまちがった考えが広まっているけれど、アイヌや沖縄など民族の違う人たちがたくさんいるんだ。

――だったら、民族とかなくした方がいいんじゃない？

確かに、民族の違いを認めればどうしても差別が生まれるから、人類は一つという立場に立たないといけないと言う人もいる。でも、僕は、人類は一つとした上で、いろいろな民族があった方がいいというベン・ジェルーンさんの考え方に賛成するな。そのためには、違いを尊重するというさっきの考え方と、もう一つこの本の中に「歓待」って言葉が出てきたよね。これが大事だと思うんだ。

――「歓待」って何？

ほかの人、とくに外国の人を喜んで迎える気持ちのことだ。でも、日本は、法律をつくって、「役に立たない」外国人は入ってこれないようにしているんだ。ハワイから来た英語の先生のおじいさんのように、つい五〇年前までは日本から外国に一〇〇万人の人が移民として働きに出ていったんだ。それに、現在も長くいる人だけで二五万人もの日本人が外国で働いている。それなのに、外国人を締め出すなんて、ずいぶん勝手だと思わない？

そもそも、なぜ「外国人」は、たまたま日本に生まれた人と同じように住んだり、働いたりすることができないんだろう？　おかしいと思わない？　僕たちが、大阪から京都、神戸に引っ越したように、好きな国に行って、気に入ったらそこでずっと暮らしたいと思わない？

――うん。そう思うよ。

最後に、本書を一緒になって作ってくださった青土社の前田晃一さんに心から感謝します。前田さんの熱意がなければ、本書の刊行はもっとずっと遅れていたと思います。そして、この訳を最初の読者である類に捧げたいと思います。

松葉祥一

＊法務省の資料によれば、一九九九年末現在の外国人登録者数は約一五五万人、うち約五二万人が「朝鮮・韓国」・「中国」籍の「特別永住者」とされる。しかし、そもそもこのような分類や呼び方、さらには外国人の「管理」を目的とする外国人登録という制度そのものが、人種差別的な外国人政策に基づくものであり、批判されるべきことは言うまでもない。特に「特別永住者」という制度は、明治近代国家の形成から現在に至る「国全体での人種差別」のあり方を象徴的に示している。

新装版への訳者あとがき

初版から九年がたち、新装版を出すことになりました。あわせて、訳文にも少し手を加えました。

この間、フランスの人種差別の状況はあまり変わっていないように見えます。二〇〇二年には、人種差別主義的な主張をしている政党のジャン＝マリ・ルペン党首が、大統領選挙の決選投票に残って、大騒ぎになりました。また、二〇〇五年秋には、フランス各地で、移民出身の若者たちによる激しい「反乱」が起こりました。パリ郊外で起きた事件をきっかけにして、主にアラブ系の若者たちが、ふだん受けている人種差別を告発したのです。大きな問題の一つは就職です。彼らの多くがフランス国籍ですので、法律上、就職差別はあってはいけないはずなのですが、現実にはアラブ系の名前だったり、移民の多い地域の住所だと、門前払いされることが多いのです。

また今後も、移民問題は大きな問題になりそうです。ニコラ・サルコジ内相は、先の反乱に加わった若者たちを「社会のくず」呼ばわりして、大きな非難を浴びましたが、その後もますます過激な発言を行っています。また彼は、二〇〇三年に外国人の滞在の規制を強めただけでなく、二〇〇六年にはさらに規制を厳しくした新移民法を成立させました。その彼が、二〇〇七年の大統領選挙の有力候補ですから、移民問題は今後も大きな問題になるでしょう。

しかし、それにもかかわらずフランスは移民や移民出身者に対して、まだまだ寛容な国だと思います。移民を社会に統合するために、様々な努力が行われています。移民二世であるサルコジ自身も、「フランスに移民は必要である」と述べています。それは、数の上でも、歴史的にも、移民が無視できない存在だからでもありますが、むしろ移民を含めたすべての人間が基本的人権をもつという原則が社会に根づいているからだと思います。

日本の場合はどうでしょうか。二〇〇〇年に国連が、現在の日本の労働人口を保つためには、毎年六一万人の移民を五〇年間受け入れ続ける必要があると警告した頃から、政府や経済界も移民の積極的な受け入れを提案するようになってきています。しかし、政策のレベルでも社会のレベルでもまだ十分な対応ができていないのが現状です。法律や政策が少しよくなったのは事実ですが、教育や医療など基本的人権にかかわる対応策が非常に遅れています。また社会のなかにも、外国人に対する差別的な意識や行動が根強く残っています。「外国人は犯罪予備軍だ」というあからさまな人種差別的発言をする人物が東京都の知事をつとめていることがその象徴でしょう。

こうした状況を変えるために必要なのは、三つのレベルでの変化です。第一に、私たちが求める社会は、日本人だけの社会ではなく、外国人とともに暮らしていくことのできる社会だという根本的な考え方、つまり理念をしっかりと定めることが必要です。第二に、そのような理念を実現するための具体策として、法律や政策を整えることと、そのように求めていくことが必要です。そして第三に、こうした理念を定着させるために、外国人に対する私たちの見方や感じ方を変えていくことが必要です。人種差別をなくすために最も重要なのは、この第三のレベルなのかもしれません。このレベルを変えるためには、多くの時間と努力が必要でしょう。そのためにいちばん重要なのが教育です。本書が少しでもその役に立てば、これにまさる喜びはありません。
なお、初版のあと、次のようなベン・ジェルーンさんの著作の翻訳が出版されました。『最初の愛はいつも最後の愛』堀内ゆかり、紀伊國屋書店、一九九九年。『あやまちの夜』菊地有子訳、紀伊國屋書店、二〇〇二年。『子どもたちと話す　イスラームってなに？』藤田真利子訳、鵜飼哲解説、現代企画室、二〇〇二年。

二〇〇七年二月

松葉祥一

新版への訳者あとがき

初版から一九年、一回目の新装版から一〇年を経て、二回目の新装版が出ることになりました。本書が新しい読者を見出し続けていることに、訳者として大きな喜びを感じています。

この一〇年、人種差別をめぐる状況は大きく変わりました。とくに最近、事態は悪化しているように見えます。二〇一七年一月、米国のトランプ新大統領が、テロ対策のために中東やアフリカの七カ国の国民に対する入国禁止と、難民受け入れの一時停止を命ずる大統領令に署名したため、航空機で米国に到着したイスラム系の人々が空港で入国拒否され、大きな問題になりました。これからもトランプ大統領は、例えばメキシコとの国境に壁を作るという公約を実現しようとして、さまざまな問題を繰り返すことになるでしょう。そして米国内では、これに力を得た人種差別主義者たちが、差別発言や暴力を繰り返すようになっています。

またフランスでも、二〇一七年四月の大統領選で、移民排斥を訴える国民戦線のマリーヌ・ルペン党首が有力候補にあげられています。彼女は、本書にたびたび登場するジャン＝マリ・ルペン元党首の三女です。彼女は、父親よりもソフトな路線に切り替えて人気を得ていますが、イスラム教徒への排外主義的な態度は一貫しています。また他のヨーロッパの国々でも、難民やテロ事件の増加を背景に、排外主義的な政党が力を増すとともに、人種差別的な発言や暴力事件が増えています。

日本国内でも、人種差別が大きな問題になっています。二〇一〇年前後から、在特会などの人種差別的なグループが、インターネット上やデモで排外主義的な発言や暴力を繰り返してきたからです。二〇〇九年には、在特会らが京都朝鮮学校の校門前で行った暴力的な宣伝活動によって、侮辱罪、威力業務妨害罪、器物損壊罪の有罪判決を受ける事件がありました。またこの頃から始まった韓国や中国に対する排外主義的なデモでも、きわめて人種差別的な表現が用いられるようになりました。

日本政府は、政治家たち自身が人種差別的な言動を繰り返してきたこともあって、こうした言動の規制に消極的姿勢をとり続けてきました。しかし、「人種差別撤廃条約」を批准している以上放置しておくことはできず、二〇一六年五月には「ヘイトスピーチ対策法」（人種差別撤廃施策推進法）を成立させました。ヘイトスピーチとは、広い意味では「人種、国籍、思想、宗教、性的指向、性別、障害などに基づいて個人または集団を攻撃、脅迫、侮辱し、さらには他人をそのように扇動する言論等」を指しますが、狭い意味ではこのうち人種や国籍にもとづくものを指します。この法律は、ヘイトスピーチを不当な差別と明記した点では一歩前進かもしれません。しかし、罰則がないこと、差別行為の定義があいまいでインターネット上の差別を防止する規定がないことなどの問題が指摘されています。実際、インターネット上では、目をおおうような人種差別的な書き込みが後をたちません。著者が言うように、「人種差別的憎悪の扇動を罰する法律」（p.118）が必要なのです。

しかし、法規制だけでは不十分であり、私たちは、わずかな人種差別でも「見逃さずに、対処しないといけない」（p.106）でしょう。なぜなら、「もし見逃して、言わせるままにしておけば、人種差別が発展して、この災いにのみこまれなくてもすんだかも知れない人たちにまで広がることを許してしまうことになる」（同）からです。

そして、それはけっして「彼ら」のためではなく、「私たち」自身のためなのです。なぜなら「私たちは、つねに誰かにとって外国人」だからです。その意味で、「一緒に生きることを学ぶこと、それこそが人種差別と闘うこと」（p.93）なのです。

ベン＝ジェルーンさんは、二〇一二年三月に来日し、東京や京都で講演を行いました。また、新装版の出版後、次の翻訳が出版されています。『出てゆく』香川由利子訳、早川書房、二〇〇九年。

新版 娘に語る人種差別
二〇一七年三月二三日　第一刷印刷
二〇一七年三月三〇日　第一刷発行
ISBN978-4-7917-6975-9, Printed in Japan

著者　タハール・ベン・ジェルーン
訳者　松葉祥一
発行者　清水一人
発行所　青土社
東京都千代田区神田神保町一―二九　市瀬ビル　〒一〇一―〇〇五一
（電話）〇三―三二九一―九八三一〔編集〕　〇三―三二九四―七八二九〔営業〕
（振替）〇〇一九〇―七―一九二九五五

印刷・製本　ディグ
装幀　桂川潤